主编／张　谦

侏儒

[瑞典]帕尔·拉格奎斯特／著

沈东子／译

Dvärgen

漓江出版社
·桂林·

图书在版编目（CIP）数据

侏儒 /（瑞典）帕尔·拉格奎斯特著；沈东子译.
桂林：漓江出版社, 2025. 6. --（诺贝尔文学奖作家文
集）. -- ISBN 978-7-5801-0246-1

Ⅰ. I532.45

中国国家版本馆 CIP 数据核字第 20258WC763 号

ZHURU

侏 儒

[瑞典] 帕尔·拉格奎斯特　著

沈东子　译

主　　编：张　谦

出 版 人：梁　志
策划编辑：辛丽芳
责任编辑：辛丽芳
书籍设计：石绍康
责任监印：张　璐

出版发行：漓江出版社有限公司
社址：广西桂林市南环路 22 号　邮编：541002
发行电话：010-85891290　0773-2582200
邮购热线：0773-2582200
网址：www.lijiangbooks.com
微信公众号：lijiangpress
印制：北京博海升彩色印刷有限公司
[北京市通州区中关村科技园区通州园金桥科技产业基地环宇路 6 号　邮编：100076]
开本：880mm×1230mm　1/32
印张：9.25　字数：188 千字
版次：2025 年 6 月第 1 版　印次：2025 年 6 月第 1 次印刷
书号：ISBN 978-7-5801-0246-1
定价：54.00 元

"诺贝尔"与漓江血脉相连

——"诺贝尔文学奖作家文集"序

张 谦

"诺贝尔文学奖作家文集"从 2015 年 10 月问世，迄今已囊括 30 位诺奖作家作品，出版平装本 4 种、精装本 43 种，在制及储备选题 30 余种，成了读书界一个愈加引发关注的存在，被读者区别于漓江^①之前的"老诺""红诺"，亲切地称为"黑诺"^②。所以，确实到了一个梳陈、小结我社"诺贝尔文学奖作家文集"出版情况，向大家汇报的时间点。

"诺贝尔"是漓江的基因和脉动，是时光深处的牧歌，是漓江人为之集结的号角。中间我们有过十来年的停顿和涣散，"诺贝尔"不知道去哪儿了，历史的演进回环往复，背阴面的不可理喻，本身就是存在的冰冷逻辑。2012 年我回到社里，开始几年做不了什么事，

---

① 　无特殊说明，此文中均指漓江出版社。
② 　"老诺""红诺""黑诺"，不同阶段漓江版"诺贝尔"系列丛书。"老诺""红诺"均指"获诺贝尔文学奖作家丛书"。"老诺"（精、平装）的装帧设计者是翁文希，奠定了读者心中最早的漓江版"诺贝尔"品牌形象；"红诺"（精、平装）是上海装帧设计家陶雪华的设计，启用烫金元素，与微呈橘红色的封面相映生辉，彰显气派；"黑诺"（主推精装）指"诺贝尔文学奖作家文集"，是我社主力美编、装帧设计家石绍康的设计，内敛雅致，独具匠心，以黑色为主体衬色，烘托出作家肖像的大师气场。

当时的社领导提醒说："不要搞什么套书，一本一本地做！"所以2015 年 4 月最早出来的加缪《鼠疫》平装本，上面没打丛书名。也是 2015 年 4 月，我被接纳为社班子成员，担任副总编辑。2015 年10 月，第一本落有"诺贝尔文学奖作家文集"（以下简称"作家文集"或"文集"）丛书名的图书诞生了，它是加缪《西绪福斯神话——论荒诞》（平装本）。当年年底，刘迪才社长到任，带着上级管理部门"把漓江做大做强"的精神，旗帜鲜明抓主业，抓核心板块和漓江传统优势外国文学品牌。"作家文集"在 2016 年接续做了两本"加缪卷"平装本《局外人》和《第一人》以后，开足马力做精装。记得问世的第一个精装本，是美国作家辛克莱·路易斯的《大街》，拿到样书的那一刻，直觉告诉我：路子对了。

然而并不是找对了路子就没有繁难，是的，时代变了，市场变了。在对诺贝尔文学奖新晋得主的追捧几成赌局的当下，文学出版即便携资本入场也不够了，成了资本加运气的博弈。此时回过头来再看上个世纪八十年代的漓江，那出版江湖中的一抹清流，乘着改革开放的春风，在中国图书市场所开创的"诺贝尔"蓝海，抓住了稍纵即逝的"窗口期"，成就了不可复制的"漓江现象"[1]。

"书荒"时代进场，带领漓江同仁做"获诺贝尔文学奖作家丛书"的刘硕良前辈，"使得建社不久又偏居一隅的漓江出版社，以有计划和成规模地推出外国文学优秀作品，很快成为全国外国文学方面的出版重镇。这是一段值得人们津津乐道的出版佳话，也是一个

---

[1] 见李频《改革开放出版史中的"漓江现象"》，我社即将出版的《围观记》序一。

值得大书一笔的出版传奇"①。改革开放伊始，解放思想，实事求是，读者重新经历了思想启蒙，无异于继十九世纪末严复翻译《天演论》以后国人再次"睁眼看世界"，"我们没有失去记忆，我们去寻找生命的湖"②。漓江当时提供给读书界的诺贝尔文学奖读物，重在一人一卷的快捷出场，速成阵容，从小对史、地感兴趣的刘硕良，围绕题中之义，于无形中给读者提供了第一印象的新鲜概念和地图式导览。从 1983 年年中开始推出诺奖丛书头四种——《爱的荒漠》《蒂博一家》《特雷庇姑娘》和《饥饿的石头》③，到二十世纪末，总共出了八十余种。"让中国读者了解到世界上除了巴尔扎克、托尔斯泰、高尔基，还有很多优秀的作家，诺奖作家就是其中很重要的一个组成部分。"④

那是一个百废待兴，连常识都需要重新建构的时代。彼时，压力来自外部，更多以阻力形式呈现。"漓江的开拓并非一帆风顺，诺贝尔丛书的上马就遭到一些大义凛然却并不甚明了真相或为偏见所左右的人士的非议"⑤，但形势比人强，改革开放的大潮激浊扬清，建设的主流压倒了破坏，给各行各业满怀豪情的建设者提供了施展才华的空间。漓江因此而实现了勇立潮头满足读者的需要（而且读

---

① 见白烨《"围观"与"回望"的意义》，我社即将出版的《围观记》序二。
② 见北岛诗作《走吧》。
③ 其中《爱的荒漠》和稍后出版的《我弥留之际》《玉米人》一起，荣获新闻出版署主办的首届全国优秀外国文学图书奖一等奖。
④ 见《一个闪亮的名字联系一个时代的文学记忆——刘硕良：把诺贝尔介绍给中国》，《新京报》记者张弘采写，2005 年 4 月 5 日《新京报·追寻 80 年代》。
⑤ 见刘硕良《改革开放带来的突破和飞跃——漓江出版社诞生前后》，《广西文史》2008 年第 4 期。

者面很广，工农兵学商①），并与未来将要实现影响力的成长中的各界精英达成了精神源头的水乳交融和灵魂共振——很多后来成名成家人士，皆谈及上世纪八十年代受过漓江版外国文学图书滋养，有的几度搬家，甚至远涉重洋，至今书架上仍小心珍藏着漓江的老版书。

就这样，我们前有光荣的家史，前辈的激励，后有加入世贸组织后对于头部资源的白热化市场竞夺，有业界同行在经典名优赛道的竞相追逐，想要在其中脱颖而出，确非易事。当初外在的压力，变成了现在内在自我提升的动力：你敢不敢自己跟自己比，有没有勇气和能力对标漓江光辉岁月，提振传统并发扬光大？种种繁难之下，依然得努力往前走，这也便是人生的挑战和乐趣所在。

今年是做"诺贝尔文学奖作家文集"的第八个年头，也是我正式就任漓江总编辑的第一年。九十高龄的刘硕良老师从年初就开始屡屡打电话给我，让我挂名该文集的主编。我一直坚辞不受。"诺贝尔"差不多是漓江的图腾级存在，我只是站在前人的肩膀上继续仰望星空，尽本分做点添砖加瓦的事情，岂敢妄自掠美。即便是当年主编"获诺贝尔文学奖作家丛书"的刘老师，退休以后也就功成身退，不再在漓江版"诺贝尔"上挂主编名。这几乎是中国当下通行的国情。也就是说，"作家文集"出版八年，眼看渐成气候，却没有任何人挂主编名，只是在翻开每本书的卷首，有一页"出版说明"——

① 见《"获诺贝尔文学奖作家丛书"读者反映》，刘硕良著《三栖路上云和月——为新闻出版的一生》，漓江出版社，2012年9月1版1次。

"诺贝尔文学奖作家文集"系我社近年长销经典品种，是对二十世纪八九十年代我社品牌图书、刘硕良主编的"获诺贝尔文学奖作家丛书"的继承与发扬，变之前一人一书阵容为每位作家多卷本。如果说老版"诺贝尔"是启蒙版，那么新版就是深入版，既深入作者的内心，也满足读者的深度需求，看上去是小众趣味，影响的是大众阅读倾向。这就是引领的意义，也是漓江版图书一贯的追求。

然而吊诡的是，如果用因退休机制的作用被动不在场的刘老师，来为正在进行时的"作家文集"的无主编状态背书的话，我忽然发现，并不能自圆其说。同时，自己在班子任上八年，如果不依规依制给该文集一个担当和交代，那所有参与这套丛书出版的漓江人，就会变成一个失语的群体，八年来大家的辛苦鏖战，也会失去应有的分量和表达，转瞬消失于历史的虚空当中。于是和刘社长达成共识：丛书是本届班子主持做的，主编由我来挂，即便过些年轮到我也解甲归田，在岗一天就要担当一天，就由我这个亲历者来理一理来龙去脉吧。

加缪是一切的开始。无论从作品的分量还是作家的魅力，尤其是在年轻人里的观众缘来考量，作为撬动一套书的支点，加缪都是不二选择。更何况，2015 年我们推出《鼠疫》时，加缪作品刚刚进入公版期没几个年头，真乃天无绝人之路！

我试图通过加缪获得一种视角，这个视角能穿透我所生活的海量信息时代貌似超级强大的无限时空，定位非中心城市的个人存在意义。[①]

这里的"个人"，也喻指在时代的洪流中需要敲破坚冰重新出发的漓江。加缪卷我们出了五种，论品种数是文集中比较丰满的——《鼠疫》《西绪福斯神话——论荒诞》《局外人》《第一人》《卡利古拉》，除了前四种既做了平装，也做了精装，后面品种一心一意只做精装——因为相信在优质精品道路上的勠力追求，一定可以加持图书的可收藏性。《鼠疫》《局外人》《第一人》是存在主义文学大师加缪的小说代表作，而 2018 年 10 月推出的《卡利古拉》，则是文集中比较少见的戏剧品种，它和哲学随笔《西绪福斯神话——论荒诞》一起，使加缪卷作为诺奖作家的小文集，实现了文体多样化方面的鲜明追求。这个追求在福克纳卷上继续得到体现，福克纳卷截至目前一样出了五种，除了国内读者熟知的经典——李文俊译《喧哗与骚动》《我弥留之际》，还补充了国内首译《士兵的报酬》《水泽女神之歌——福克纳早期散文、诗歌与插图》和《寓言》。其他品种数达到四五种体量的，还有路易斯卷、纪德卷、斯坦贝克卷、丘吉尔卷、泰戈尔卷、显克维奇卷。两三种的有黛莱达卷、米斯特拉尔卷、聂鲁达卷、吉勒鲁普卷、梅特林克卷、拉格奎斯特卷、蒲宁卷。由于受限于作家本身的创作规模以及我们发掘的速度，目前尚有普吕多

---

① 见沙地黑米（本名张谦）新浪博客读书笔记《在隆冬知道》，2015 年 6 月 5 日。

姆、吉卜林、艾略特、保尔·海泽、塞弗尔特、叶芝、拉格洛夫、皮兰德娄、夸西莫多、蒙塔莱等卷只是单一品种的体量。当然，每位作家小文集的规模（品种数）依然是活性的，现状的陈述并不能规定未来的变化，我们的核心思路，是每位作家做三至五种。

由于漓江推出的诺贝尔文学奖获奖作家都是外国作者，所以出版"作家文集"有一个不可避免的环节，就是要找到合适的译者。唯有如此，才能将诺贝尔文学奖作家作品尽量以"信、达、雅"的方式介绍给国内读者。

在译者的选择上，我们注重新老搭配。托前辈的福，漓江拥有的传统译者资源称得上是国内"顶配"。老一辈翻译家令人肃然起敬，他们往往具有很深厚的文学素养和优雅的个人修养，译文水准很高，经得起岁月的沉淀和时间的考验，我们非常珍视与他们的合作。而年轻一辈的翻译家也有优势，他们的语言和思维都能贴合当下读者的习惯，亦多全球化背景下的旅居、旅行，能较多接收并释放当下外国文学和文化的辐射，在对原著文化背景、思想内涵的传达体现上，能有推陈出新的理解。

"作家文集"最先启动的加缪卷，用的就是漓江译者老班底里的李玉民译本。其他像潘庆舲、姚祖培合译辛克莱·路易斯《巴比特》，李文俊译福克纳《我弥留之际》，黄文捷译黛莱达《邪恶之路》，赵振江译米斯特拉尔《柔情》，王逢振译赛珍珠《大地》，杨武能译保尔·海泽《特雷庇姑娘》，都是"老诺"阵容里的保留节目。在"黑诺"里，漓江与这批王牌译家译作再续前缘。此外，"作家文集"还见证了一代翻译家的成长——胡小跃译普吕多姆《枉然的柔情》，裘小龙译叶芝《第二次来临——叶芝诗选编》，分别是"老诺"里普吕多姆《孤独与沉思》和叶芝《丽达与天鹅》的升级版，当年漓江看好的青年翻译家，已然成为译界翘楚，译本也得到更丰富的增补和更成熟的修订。也有老朋友新加入的译本，比如倪培耕原译泰戈尔《饥饿的石头》是"老诺"阵容里的，到了"黑诺"更名为《泡影》，都是泰戈尔短篇小说选；同时"黑诺"再添倪译泰戈尔长篇小说《纠缠》。福克纳卷除了收入李文俊之前在"老诺"就有的代表译作《我弥留之际》，"黑诺"还增加了李译《喧哗与骚动》《押沙龙，押沙龙！》。青年译者的新作有一熙译福克纳《士兵的报酬》，王国平译福克纳《寓言》，远洋译福克纳《水泽女神之歌——福克纳早期散文、诗歌与插图》，顾奎译辛克莱·路易斯《大街》，等等。

也有一部分老译家，其译作的版权流转到其他出版机构去，与"黑诺"失之交臂，或者年深日久几近失联，或者凋零如秋叶片片——时光总有理由分开我们，才显出在一起的机缘实在是难能可贵。

现在年轻人外语好，除了做文学翻译，还有很多更实惠的选择，所以真正像老一辈翻译家那样，把译事当成毕生的事业追求，在这个领域安于寂寞悉心耕耘的并不多，或者说，漓江还没有迎来与这个群体的高频次、大规模相遇。我们现有的中青年译者队伍，一来人数远不够多，二来除了翻译本身，想法会比老一辈多一点——漓江很惭愧，至今没能把这份文化事业做成生财有道、惠及万方的大产业。好在文学哪怕历来就与眼前利益没太大关系，这个世界热爱文学的人也一直层出不穷。之所以在这里把家底摆一摆，也是为了方便下一步遇上有缘人。

译本体例上，"黑诺"尽量做到向"老诺"学习，"每卷均有译序和授奖词、答词、生平年表、著作目录，力求给读者提供一个能真实地反映诺贝尔文学奖及其每一得主风貌的较好版本"[①]。老漓江的优秀传统要保持，有章可循是一种福分。

一个素朴有力的团队，会带来别样高效的支撑感。我们的青年编辑队伍正在老编辑的带领下茁壮成长，他们是漓江的秘密花园，正在蓄能无限，漓江的未来，有他们书写，靠他们传扬。

在这里，必须致敬一下给漓江"老诺"担任过策划编辑和责任编辑的主力核心团队，他们是当年的译文室成员：宋安群、吴裕康、莫雅平、金龙格、沈东子、汪正球。

1995年，沈东子策划过一套泰戈尔"大师文集"6卷本，除了后续加入"黑诺"的倪培耕几种译作，亮点是直接去信季羡林先生，取得了授权，收入季译《炉火情》一种。丛书虽然没打"诺贝尔"标签，却开启了做诺奖作家小文集的思路。

1998年，漓江出了三套诺奖作家小文集。时任总编辑宋安群策划了《赛珍珠作品选集》，向美国哈罗德·奥柏联合会购买了版权，出版了五部小说、一部传记和一本文论。本人担任过其中《东风·西风》和《赛珍珠传》两种图书的责任编辑，还为赛珍珠母亲的故事写过责编手札——

---

① 见刘硕良《新时期有数的宏伟工程——"获诺贝尔文学奖作家丛书"序》。

美好的人和事，因为人们的珍爱而获得自己的历史，在这个意义上说，历史，就是人们对于美的牵挂和担心。时乖命蹇，说变就变，我们珍爱的事物能够留存多久？一旦大限到来，让碎片有了碎片的安息，人心也就有了人心的解脱吗？[①]

吴裕康策划了君特·格拉斯"但泽三部曲"（《铁皮鼓》《猫与鼠》《狗年月》），经德国 Steidl 出版社授权出版。有意思的事情就此发生了：我社在 1998 年 1 月至 1999 年 4 月出完这三种书，1999 年 9 月 30 日，瑞典文学院将诺贝尔文学奖颁给了君特·格拉斯。所谓猜题和押宝都很准的名编辑、大编辑，漓江早年就有现实榜样。

汪正球策划的"川端康成作品"，洋洋大观出了十卷。

以上四种诺奖作家文集，都没打"诺贝尔"标签，装帧设计也各有套路，却都绕不开内在承袭的同一种思路。所以说，在漓江做"诺贝尔"，是有传统的，可追溯的，漓江人血脉里的遗传密码，在不同时期阐发着基因的显隐性。

从 2023 年算起，诺奖作家未进入公版期的尚有 60 多人，这是一片资本角逐的热土，对这个领域作家作品的竞夺，不是漓江的强项。众人还没睡醒的时候，漓江前辈就已经外出狩猎了；现在的漓江人，专注于在家种田——我们无富可炫，有技在身，到手的都不是战利品，而是作品本身，值得像农人看待种子那样，悉心培育，精

---

① 见《我们珍爱的事物能够留存多久》，作者米子（本名张谦），《读书》1998 年第 10 期。

耕细作，用时间打磨，为每一部好作品寻找好译者、好编辑、好制作，直至它找到那个两情相悦的读者。

犹如观潮，漓江现在挤不进前排，索性站远一步，不追刚刚出炉的"当红炸子鸡"——新科获奖者。同时代的读者本来很想读到同时代优秀外国作家的作品，但这有个前提，就是译本要好。而"当红炸子鸡"的临时译本，前有市场期待，后有合同追魂，难得沉下心来从容打磨，多半是急就章似的翻译，反正搭配的也是快餐面似的阅读，说白了就是一场对诺奖新科得主生吞活剥的消费——真正的赢家，既不是作者、译者和读者，也不是编辑，而是商业。当然，在这个领域深耕多年，早有准备的同行是个例外。漓江与所有认真的同行惺惺相惜。

公版书是退潮后海滩上的贝壳，经历过海浪的洗礼、时间的检验，哪些受人欢迎，比较容易感知，可以从容选择。而同时代的作家作品，一时被潮头卷得高高，抛得远远，过了当红的这个时间节点，就被读者抛诸脑后，这样的例子不胜枚举。事实证明，由于作品本身或是翻译的质量问题，有的新科获奖作家作品，确实不如早年诺奖作家作品那么富有感染力。

说到这里，很有必要广为派发一下英雄帖：如果有诺奖作家、优质译者、原著出版社，以及权威版权代理机构听到漓江的声音，认可我们的理念，那么，您好，欢迎加入我们共同的事业！

"作家文集"精装本批量问世以后，我们分别在 2018 年和 2019 年年初的北京图书订货会上，以"执子之手——漓江与'诺贝尔'的不了情"和"'诺贝尔'与漓江血脉相连"两个专题向公众亮相，后者还荣膺该届订货会评出的"优秀文化活动奖"。2018 年 9 月，百道网特为这套书，对我本人进行了专访报道①。

成立于 1980 年的漓江出版社，在改革开放的春风里应运而生。建社不久就做"诺贝尔"，诺贝尔文学奖系列丛书，记录着一代又一代漓江人在向我国读者推介世界文学宝藏方面前赴后继、坚忍不拔的努力。"诺贝尔"和漓江人的职场生涯、美好年华紧密生长在一起，是漓江集体记忆中不可分割的一部分；漓江边的中国小城桂林，因为文学，因为诺贝尔，和斯堪的纳维亚半岛上的北欧古国瑞典就此牵连在一起——世间缘分，多么热烈美好，也足够千奇万妙。

金秋十月，在给此文收官之际，传来了法国作家安妮·埃尔诺获奖的消息。看来诺贝尔文学奖依旧不改我行我素之风——有多少百炼成钢的陪跑，就有多少新莺出谷的未料。谨以此文向充满无限可能的未来致意！漓江胸怀天下，初心不改，要以海纳百川的宽阔胸襟努力借鉴、吸收并呈现人类一切优秀文明成果。

2022 年 10 月 5 日　桂林

2024 年 9 月 23 日　修订

---

① 《曾经强悍的"诺贝尔旋风"影响过莫言、余华等，新一代出版人如何再创阅读高潮？》，百道网，2018 年 9 月 10 日。

［瑞典］帕尔·拉格奎斯特
（Pär Lagerkvist，1891—1974）

年轻时的拉格奎斯特

拉格奎斯特画像（1929）

↑《侏儒》瑞典文版封面
↑《侏儒》英文版封面

作家 · 作品

不可否认，他属于这样一种作家，他们勇敢而直接地献身人类至关重要的问题的研究，不知疲倦地回到人类生存的根本难题之上，面对一切极度的悲伤。他所处时代的物质条件决定了他的使命，这时代受到不断腾起的乌云与不断出现的灾难的威胁。正是在这一片阴郁混乱之中，他开始了战斗，正是在这个没有太阳的国家，他找到了自己灵感的光焰。

——1951 年诺贝尔文学奖授奖词

他在连接现实世界与信仰世界的钢索上令人钦佩地保持着平衡。这是衡量拉氏成功的尺度。

——［法］纪德（1947 年诺贝尔文学奖得主）

拉氏风格的特点就在于其简洁、认真和具有普遍意义，就这一点而言，他堪称无与伦比。

——［英］W.H. 奥登《〈黄昏的土地〉前言》

论粗犷不及班扬，论机敏不及斯威夫特，论奇想又不及斯特林堡，但他吸收了这三个人的道德精髓和艺术精华，因此他是现代古典主义的一位巨匠。

——［美］理查德·沃尔斯《〈邪恶故事〉前言》

侏儒天性中的那种邪恶，在我们身上也有——那种邪恶是全人类的。

——［美］多萝西·肯费尔德《〈侏儒〉评语》

目　录

在信仰与现实之间徘徊

沈东子

一

1951 年的诺贝尔文学奖竞争极为激烈。经历两次战争的磨难，各个民族都出现了自己的文学泰斗，一时间群星灿烂，映亮西天。当时被提名获奖的候选人，有法国的莫里亚克和加缪，苏联的肖洛霍夫和帕斯捷尔纳克，美国的海明威和斯坦贝克，还有英国的丘吉尔和西班牙的希梅内斯等。可是投票结果出人意料，当年的诺贝尔文学奖桂冠居然落到了瑞典作家拉格奎斯特的头上，理由是他的长篇小说《大盗巴拉巴》以及其他作品"在为人类面临的永恒性疑难寻求答案时表现出了艺术家的活力和真正的独立见解"。

拉氏获奖的消息传出，大批记者拥向他常年居住的斯德哥尔摩郊外利丁戈一间冰封雪冻的小屋。有记者请他就那些落选者的作品谈谈看法，但这位年过 60 的白发老人信守自己的文学信条，对自己的或他人的创作活动都拒绝发表任何评论，只是淡然一笑，颇具绅士风度地请每位记者喝了一杯酒，让那些兴冲冲而来的人返回时，脑袋里都空悬着一个谜。

由瑞典化学家诺贝尔设立的这项世界性文学大奖，经瑞典文学院常务秘书奥斯特林之手，颁发给了瑞典作家拉格奎斯特。瑞典人自然是个个兴高采烈，可是其他国家的一些人却不免会产生一些别种联想。拉氏的文学成就究竟如何呢，我们还是来瞧瞧他的作品吧。

二

先来看看《大盗巴拉巴》。

欧洲历史上曾经有过这样一段时期，那时候旧神已经死去，而新神尚未诞生，世界上只有人。人活得自由而尽情：自由地歌唱，尽情地喝酒；自由地杀人，尽情地做爱，以为天底下只有酒神巴库斯和爱神维纳斯。没有羞耻心，当然也不会有罪恶感。这个时期从西塞罗延续到马可·奥勒留，长达两个世纪，是一个"在相当长的时间最后一批自由人生活的时代"①。

那个时代的欧洲人并不知道，正当他们狂歌乱舞、觥筹交错的时候，在隔海相望的耶路撒冷城，有一个年轻的拿撒勒人，正站在所罗门王时代修建的圣殿上，向世人宣讲他的教义。这个年轻人名叫耶稣，后来被古罗马帝国派驻犹太地区的总督彼拉多钉死在十字架上。罪名是宣扬异端。

---

① 尤瑟纳尔:《〈哈德良回忆录〉创作笔记》。

《大盗巴拉巴》描写的正是耶稣受难对犹太人乃至所有人的精神世界产生的深远影响。它描写的虽然只是一个名叫巴拉巴的强盗头子的个人命运，但同时也展现了一幅基督教从中东渗透到欧洲的历史画卷，因此它同时也可以被看作是一部早期基督教传教史。

　　为了更准确地理解巴拉巴生活的那段历史时期，有必要对犹太人历史及当时的生活状况做一简要回顾。犹太民族自统一的王国分裂为北方的以色列国和南方的犹太王国之后，屡遭异族欺凌，终于在公元前6世纪亡国，大批男女被携至巴比伦，沦为异族奴仆。面对深重的民族灾难，每个时期都有一些犹太思想家挺身出来为民族的兴亡大声疾呼，这些人史称先知，如何西阿、以赛亚、耶利米等都是。他们抨击昏庸无道的统治者和腐败堕落的社会风气，强调犹太人沦落异邦并不是因为异邦的神战胜了犹太人的神，而是因为犹太人作恶多端触怒了上帝，上帝借异邦人的手作为其拷鞭，严厉惩罚自己的子民。先知们的言论被编纂成册，渐渐形成《希伯来圣经》，即通常所称的《旧约》。《旧约》的编订成书标志着犹太教的最终形成。

　　犹太教是人类历史上第一个一神教，即信仰耶和华为独一无二的真神。精通律法并主持宗教仪式的学者被称为拉比。耶稣就是一位拉比。有所不同的是，他是一位具有独立见解的拉比。普通的拉比只负责向信徒讲解律法或《塔木德》，而耶稣对上帝和天国却有他自己的看法，认为上帝是爱，要人们彼此相爱，反对狭隘的民族偏见、信仰偏见和等级偏见，主张对现有的宗教律法进行改革，因而被在犹太教中占统治地位的大祭司集团视为异端。

　　其实任何一种新思想在产生伊始，都会被视作异端，原因有二：

其一，新思想总是产生于被压抑和被压迫的人们中间，或者说产生新思想的人必然要经历心灵的苦难。因为有苦难和压抑，所以希望变革，而变革必然就要触动另一些人的利益，因而也就必然要招致守旧势力和既得利益集团的仇视。同样的道理，变革也就必然会赢得被压迫者的广泛同情和支持。新思想之所以被视作异端，那是因为统治者需要一个镇压的借口。

其二，新思想总是产生于少数先知先觉的人当中。一种观念正因为新，所以必然有一个从少数人的头脑进入多数人的头脑的过程。而大多数人对于自己不能理解或者一时不能理解的东西总是本能地加以排斥，生怕自己好不容易才建立起来的观念体系被新思想的潮水所冲垮。而许多不理解的东西往往包含着真知灼见，正因为是真知灼见，往往不容易被固有的思维方式所接受。在一个习惯于按多数人的观念行事的社会环境里，真理的揭示常常会引起恐惧，因为它可以动摇建立在虚伪和偏见之上的思想结构，因而也会被视为异端。

于是年轻的耶稣被视为异端，在法利赛人的叫好声中被钉死在十字架上，时年 33 岁。

耶稣受难后，他所创立的基督教却传播开来。其门徒以耶路撒冷为中心建立了初期教会，主要领袖人物是使徒彼得和耶稣的弟弟雅各。后来犹太教徒保罗也加入进来。保罗先后三次往地中海东部沿岸地区传教，先后到过腓尼基、安提阿、希腊、以弗所和塞浦路斯等地，后被逮捕押送罗马，在狱中继续传播福音，连罗马皇帝尼禄家中都有人皈依基督。尼禄因感到震惊最后杀害了他。《大盗巴拉巴》里的巴拉巴，就是在这种历史背景之下，循着使徒保罗的传教路线由耶路撒冷到塞浦路斯，最后目睹了罗马城的熊熊大火。因此从某种意义上说，巴拉巴悲剧性的一生，正反映了早期基督教艰难坎坷的传播过程。

三

据《新约》记载，彼拉多起先并不想判耶稣死罪，打算按逾越节放人的惯例把他给放走了事。后来迫于法利赛人和撒都该人的压力，改为释放一个名叫巴拉巴的强盗头子，而把耶稣钉死在十字架上。这件事在四大福音书 ① 中均有记载，都提到耶稣在总督衙门说的那句名言："钉死我吧，放了他。"而对巴拉巴只一笔带过。显然巴拉巴也像《圣经》中的众多人物一样，不过是耶稣形象的一个陪衬。他被释放后便不知去向，《圣经》也没再提到他。他被耶稣的门徒遗忘了，可是从小熟知《圣经》的拉格奎斯特却把他看在眼里，记在心上。

《大盗巴拉巴》叙述了巴拉巴获释后漫长而惨淡的一生。

巴拉巴被释放后命运如何呢，后人可以设想出万千种可能，而拉氏在这部小说中描写的仅为其中一种。他描写这位桀骜不驯的江洋大盗如何历尽磨难，九死一生，最终在十字架上皈依耶稣。故事虽然是虚构的，中国读者会感到陌生，但在饱受基督教文化熏陶的西方读者看来，此书史实可信，用典精当，激情和内心冲突真实感人，因而具有强烈的感召力。这就像有朝一日我们读到这样一部小说，说陶渊明

---

① 四大福音书，即《马太福音》《路加福音》《约翰福音》和《马可福音》，分别由耶稣的四位门徒撰写，记述耶稣的生平、言论和神迹。

避入桃花源后，却在那里碰见了屈原的后代，也会感到神奇而合乎情理一样。既符合人物命运发展的必然性，又有一定的历史依据，这就是历史小说的魅力之所在吧。

小说着意描写了巴拉巴对耶稣的复杂感情。一方面，他对耶稣之死感到困惑。一个明明知道自己无罪的人，为什么不喊冤，却愿意替代有罪而且罪大恶极的他去赴死呢？巴拉巴生下来就是街头弃儿，父亲是盗贼，母亲是妓女，自幼饱尝屈辱，备受欺凌，信奉的生命哲学是弱肉强食。他从来未曾遇见过耶稣那样的人。一个人怎么会愿意用自己的死去换取他人的生呢？另一方面，他又觉得众人把一个被钉死在十字架上的人尊为救世主实属荒唐可笑。假如那人真是救世主，他怎么会遭那般凌辱，怎么会连自己的命都救不了呢？① 那时正值犹太民族处于风雨飘摇的危难境地，自称弥赛亚（救世主）的人不计其数，真假莫辨，因此巴拉巴当然不愿轻信。更让巴拉巴难以接受的是，许多信徒以真理的占有者自居，拒绝向他传播教义，好像唯有他们才可以与救世主直接对话。罗马人的棍棒打不折巴拉巴的骨头，同胞的偏见却深深地伤害了他的心。

小说中对巴拉巴的一生产生过重要影响的有三个人。

第一个是他年轻时欺负过的兔唇姑娘。兔唇姑娘在他受伤时照料过他，可是他却占有了她，占有之后又将她抛弃，让她在深深的罪孽感中独自产下一个死婴。然而待到两人重逢的时候，她却以极其不同寻常的方式原谅了他的过去，并为他祝福。

---

① 耶稣被钉十字架前，罗马士兵剥掉他的衣服，吐唾沫于他脸上，拿苇子打他的头，还强迫他背着十字架走。见《马太福音》第 27 章。

她站定看看地面，又十分羞涩地看看他，然后口齿含混地咕哝了句：

——彼此相爱。

正是从她的嘴里，他第一次听说了"彼此相爱"这几个字。

真正的爱不在于如何表达爱，而在于如何表达不爱。表达爱并不难，谁都可以说出多么多么爱之类的话，一个更比一个说得动听。无论是天才还是白痴，堕入情网时说出的傻话都不外乎是我爱你。而表达不爱的方式就微妙多了，一个富于爱心的人，总是以宽容与谅解待人；而缺少爱心的人，表现出来的必然是刻薄与挑剔。兔唇姑娘以自己的宽容向巴拉巴传递了基督教教义的精髓。

兔唇姑娘的惨死彻底动摇了巴拉巴固有的处世信条。但见她站在污血斑斑的石坑底，面对如雨落下的乱石，依然宁静地眨巴着那双黑亮黑亮的眼睛……这幕惨景震撼了巴拉巴，他勇猛到连自己的父亲都敢杀死，却不得不叹服这个柔弱女子的勇气，也深切地感悟到了信仰的力量。基督教出现早期被当作异端，皈依者有可能被捕、受刑，甚至被处死，因此需要极大的勇气。兔唇姑娘的惨死是当时宗教迫害的缩影，甚至连当时的教会执事司提反，也被拉到城外用乱石砸死。[1]足见当时的社会环境是多么险恶。

第二个是巴拉巴年迈时在矿井下遇到的囚犯，名叫沙哈。他与沙哈同戴一副镣铐，两人整天成双成对，形影不离，遂成至交。矿井在

---

[1] 司提反为基督教第一位殉道者，因试图另树一帜，声称不必恪守全部摩西律法，而被守旧的犹太公会判处死罪，用乱石砸死。

《圣经》中是地狱的代名词。沙哈虽然在井底过着猪狗不如的非人生活，可是却显得那么宁静安详，因为他心中有主，主的圣名就刻在他胸前的号牌上：

> 沙哈又看了一眼那些符号，然后把圆牌翻过来贴在胸前，幸福地说他是神的奴仆，他属于神。

巴拉巴明白这一点后，再次感到震惊。他试图也拥有那个神，感受一下那神的神性，于是在自己的号牌上也刻下了那神的名字。可是当两人被捕面临生死抉择时，沙哈从容地选择了死，而巴拉巴却背弃信仰，像狗一样活了下来。这是他第二次从十字架下死里逃生。沙哈临死时为巴拉巴祈祷，以自己的死赎了巴拉巴的罪，同时也向他传播了牺牲自己拯救他人的基督教教义。这时巴拉巴才开始明白耶稣之死的意义。

可是在罗马城纵火案中，巴拉巴又成了罪人。他在狱中遇到了最后一位心智启蒙者，就是使徒彼得。彼得是耶稣的忠实门徒，可是年轻时也曾有过三次不认耶稣，而后又痛哭流涕的事。当时耶稣被犹大出卖而被捕，彼得远远跟随在后面，有几个人认出他是耶稣的门徒，嚷嚷着也要抓他，彼得因为惧怕矢口否认认识耶稣，结果应验了耶稣的预言："今日鸡叫之前，你要三次不认我。"鸡叫后，耶稣转过身看着彼得，彼得流下了忏悔的眼泪。此时已近暮年的彼得看着巴拉巴对众门徒说：

这是一个不幸的人，我们没有权利责怪他。我们自己还
不是有许多许多的弱点和过失，主之所以垂怜于我们，也不
是因为我们有好名声。我们不能因为一个人不信神，就责
怪他。

彼得这番话等于宣布了巴拉巴的灵魂归宿。于是巴拉巴作为唯
一一位非基督徒囚犯，与众多基督徒一道被尼禄钉死于罗马城外的十
字架上，完成了自己通往十字架的苦难历程。

巴拉巴对基督以及基督教的认识，从迷惘、彷徨，到最终归顺，
其间的心路历程确实堪称漫长而复杂，也正因为漫长而复杂，才令人
信服。一方面，它表现了巴拉巴个人的内心世界。一个习惯于杀人越
货的强盗，已经把恃强凌弱当作自己的生活信条，眼看就要活该被钉
死于十字架上，却不意遇见一个瘦男人为他赎罪，心中的惊讶可想而
知。于是他开始思索，徘徊于现实世界和信仰世界之间，由肉体需要
转向精神需要，感到心灵空落无所依托。

另一方面，它又体现了人类不屈而苍凉的生命追求，让各民族的
读者的心为之战栗。信仰是一种精神力量，拥有信仰的人会显得勇敢
而坚强，具有超凡的人性的魅力。人类在精神生活的漫漫路途上已经
上下求索了几千年，但是生命的彩虹依然遥远。巴拉巴归顺了基督，
那是巴拉巴历经苦难做出的选择。我们无法评说这种选择是对还是
错。这种选择对社会有何意义无从知晓，但对巴拉巴个人却是必然的
归宿。在这部小说里，选择本身并不动人，动人的是巴拉巴一生的苦
苦求索，那份迷茫，那份焦虑，那份绝望，任何一个有所追求的读者

都会被这种复杂情感打动心窝。诚如拉氏研究权威沃尔斯所说:"拉格奎斯特更多的是一位艺术家,而非哲学家。"①他描写的是一个人,而读者读出来的却是一种人生。这也正是《大盗巴拉巴》以及所有优秀文学名著打动人心的地方。

四

凡大文豪都不会漠视历史,不仅不漠视,而且还要投去探寻的目光,因为在历史厚重的尘土中,掩埋着未来的钥匙。历史小说虽然写的是历史,可是探索的依然是生与死、悲与欢、爱与罪、善与恶这样一些现实问题;历史小说描写的虽然是历史人物的命运,可是他们的微笑,他们的泪水,依然会让你我掩卷沉思,好像描写的也是我们的心路历程。跟《大盗巴拉巴》一样,《侏儒》也是一部历史小说。它写于20世纪40年代。40年代的世界狼烟四起,战火连天,人类正在进行民主与独裁、正义与邪恶的生死较量,面临何去何从的重大抉择。《侏儒》的问世在当时被看作是文学界和思想界的一件大事。①

小说描写的是16世纪欧洲文艺复兴时期意大利北部一个小公国的兴盛与衰亡,以及几位皇室成员的悲惨命运。文艺复兴运动发端于意大利北部佛罗伦萨、威尼斯和米兰地区,至16世纪达到鼎盛。它名为文艺复兴,实际并非单纯复古,而是表达了当时人们对古希腊古罗马灿烂文化的向往,希望挣脱中世纪宗教禁欲主义的束缚,创造出

---

① 理查德·沃尔斯:《评〈侏儒〉》(《星期六文学评论》)。

与古典文化同样辉煌的新文化。另一方面，所谓文艺复兴，也并非仅仅是一种文学艺术现象。文学和艺术的创新，往往可以推动哲学、史学和诸多自然科学的发展，形成强大的人文主义力量，启发和鼓励人们思考人的尊严和生命的价值，从而产生改变不合理社会结构的愿望和要求。文艺复兴运动对当时意大利社会的冲击，不亚于五四新文化运动对中国近现代社会的影响。

15 世纪下半叶的威尼斯共和国附近，有个叫罗马革那的小公国，国王名叫塞萨雷·波吉亚①。波吉亚一生胸怀大志，企图凭武力和谋略统一整个亚平宁半岛，但为人不仁，有点类似三国时代的曹操。杀兄篡夺王位后，先后以不宣而战等种种不义手段征服了众多邻国，因而深得当时身为佛罗伦萨外交使节的马基雅维里②的赞许，被马氏赞誉为新一代君王的楷模。虽然波吉亚最终兵败身亡，但是马氏认为在他身上体现了一位君王的基本素质，那就是为了达到目的可以不择手段，伟大的君王只有不择手段才能实现自己统一江山改造社会的远大抱负。

《侏儒》的故事就是取自这一段历史。书中的大王即为塞萨雷·波吉亚，那个身为画家兼发明家的老人为达·芬奇③，当时是波吉亚的密友，而在主人公侏儒身上，则游荡着马基雅维里的幽灵。了解这一

---

① 塞萨雷·波吉亚（1475—1507），文艺复兴时期意大利北部罗马革那公国国王。先后征服众多邻国，后兵败被俘，死于西班牙。
② 马基雅维里（1469—1527），意大利政治家和史学家。著有《君主论》一书，认为国家的利益高于一切，君主为了国家的利益，可以背信弃义，不择手段。此学说后来发展为著名的马基雅维里主义，被希特勒和墨索里尼引为进袭他国的理论根据。
③ 达·芬奇（1452—1519），意大利文艺复兴时期画家和科学家，与拉斐尔、米开朗琪罗并称三大艺术巨匠，对人体结构和各种机械装置也素有研究。

历史背景，就多少能够明白，拉格奎斯特为何在纳粹铁蹄蹂躏欧洲大陆的年代，写出这样一部关于人类战争、关于人性邪恶的长篇历史小说。

<h1 style="text-align:center">五</h1>

拉氏描写历史画面，总是独具视角。如果说他在《大盗巴拉巴》中选择了那个死里逃生的强盗作为自己的眼睛，随他飘零四方，去见识早期基督教文明的传播过程，那么在《侏儒》一书中，他选择的则是宫廷里的一名侏儒。这可不是一个平平常常的侏儒，且看他如何自述：

> 我们侏儒源自一个比现今聚居于地球上的人要古老得多的种族，因此我们一生下来就老了。不清楚这种说法是否属实，假如当真如此，我们可就成了最原始的生命。对于附属于另一个迥然不同的种族，我并无异议。……顺带说说吧，她（王妃）以为我们会为她生个小孩，其实这是错误的观念。我们侏儒才不生儿育女呢，我们这一族的优势就在于不生育，根本不用为生命的繁衍担惊受怕，甚至想都不必去想那个问题。我们不生儿育女。为什么呢，因为人类本身会生出侏儒来，这一点是毫无疑问的。我们让自己由那些傲慢的生物生出来，让他们吃尽苦头。我们这一族经由他们传宗接代，以这种方式来到这个世界。这就是我们不生育的奥秘。

我们属于那个种族，但同时又置身其外。我们是前来造访的
客人，是前来造访达数千年之久的古老而皱瘪的客人。

这个侏儒对人类既蔑视又仇恨，在他的眼里，人类的一切都丑恶
无比，他以毒眼看世界，以恶语咒人间，极端仇视和平，仇视幸福，
仇视爱情，唯独喜好血。为了实现自己毁灭人类的罪恶理想，他像毒
蛇一样悄无声息地出没于宫廷内外，偷听旁人的谈话，窥视他人的隐
私，利用自己的宠仆地位，以谗言诬语迷惑国王，致使王妃疯癫，将
军中毒，王子命丧恋人床上，公主蒙羞含恨投江。他把人类看作一群
愚昧贪婪的生番，灵魂充满原罪，比肉体更为丑恶，连爱情也是一种
罪，而且据他所说，是最大的罪。甚至连蒙娜丽莎的微笑，他看着也
觉得充满淫邪。为此他手执皮鞭狠狠抽打因不堪苦恋而向上帝祷告的
王妃，恶声吼道："你爱的是堂·里卡多（她的情人），而不是他（耶
稣）！你以为我不知道？你以为你能骗过我？……你嘴上说你渴望墙
上的那个人，其实你渴望的是你的情人！你爱的是他！"

拉氏为何要创造这样一个邪恶狠毒的文学形象呢？

像所有关心人类命运的大作家一样，拉氏时时都在对人性的本质
进行宏观的思考。这种思考在其早期作品，如《邪恶故事》中已初见
端倪，到了《侏儒》则已形成系统的观点。

他生活的年代正值欧洲风云变幻，战乱频仍，战争最能表现人性
的凶残，平日温情脉脉的面纱被撕得粉碎，各种恶劣品质都暴露于
光天化日之下，充分印证了基督教关于人类天性邪恶需要进行拯救的
观点。

拉氏认为恶并不是善的对立物，而是爱的对立物。一个人可以做到善，但未必能做到爱，爱比善更需要心智，把恶提升为爱的对立物，也就等于对人类提出了更高的道德要求。拉氏眼中的爱并非单纯的男欢女爱或手足之爱，不是对个人的爱，而是对人的爱，对人类的爱，是博爱。他的所有作品都贯穿着对这种爱的思考，在他看来爱人类才是真爱，爱个人不过是占有。爱人类是一种奉献，是一个人经历心灵苦难后对生命意义的全新的理解。苦难可以使人的灵魂堕落，也可以使人的灵魂升华。人的灵魂唯有经历苦难才能升华。相形之下，爱个人只能算作一种拥有的渴望，这种渴望无论多么强烈，都与政客对权力的垂涎或者商人对金钱的贪欲没有本质上的区别。或者说这种渴望愈是强烈，就愈表现出人性的私欲。

　　拉氏痛感人性狭隘而贪婪，于是创造出了一个比人更为邪恶的侏儒，借侏儒那双贼溜溜的小眼睛冷眼看待人的世界，看待人类固有的种种劣性。这个侏儒毫无爱心，本身就是一种恶，但他并非人类的敌人，而是人类自身的一部分。每个人心中都有侏儒。每个人心中都有恶。侏儒会从我们身上长出来。"侏儒天性中的那种邪恶，在我们身上也有——那种邪恶是全人类的。"① 书中的侏儒扬鞭狠抽陷入情欲的王妃，读完《侏儒》，我们却仿佛看到拉氏手执道德的鞭子，正毫不留情地抽向我们自己。

---

① 多萝西·肯费尔德:《〈侏儒〉评语》(农戴出版社，纽约，1973 年)。

六

　　拉氏 1891 年 5 月 23 日出生于瑞典南部韦克舍镇一户笃信宗教的小职员人家，是七个孩子当中最小的一个。父亲安德斯·拉格奎斯特是一名铁路信号员。在本地念中学时他就已立志从事文学创作，1911年入瑞典最权威的高等学府乌普萨拉大学，但只念了一个学期就弃学出走。第二年只身前往巴黎，在那里结识了众多文友，深受表现主义和立体派艺术的影响，开始为斯德哥尔摩的报刊撰写介绍阿波利奈尔等立体派艺术家，阐明自己艺术观点的文章，宣称他的文学目的就是要"冲破人性的束缚，飞向思想的天空"①。

　　拉氏与用瑞典语写作的芬兰女诗人伊迪丝·瑟德格兰②几乎同时出生，也几乎同时以抒情诗步上文坛。1916 年，两人同时出版了处女作诗集，拉氏的集子定名为《苦闷》，瑟德格兰的集子则就叫《诗集》，两本诗集都独具个性，给瑞典文坛带来了清新的空气。瑟德格兰的诗名甚至超过了拉格奎斯特。后来两人走上了不同的文学道路。赤贫如洗、病魔缠身的瑟德格兰转向尼采的超人哲学和马雅可夫斯基的先锋派诗歌，年仅 31 岁就悲惨死去。而拉氏到达巴黎后，结识了美国女

---

① 拉格奎斯特：《语言技巧与绘画艺术》（1913 年）。
② 伊迪丝·瑟德格兰（1892—1923），芬兰女诗人，出生于圣彼得堡，用瑞典语写作，为瑞典和芬兰现代派诗歌的先驱。著有《玫瑰祭坛》和《未来的阴影》等，中译本诗选名为《玫瑰与阴影》（漓江出版社，1990 年）。

作家格特鲁德·斯泰因①，在她的力荐之下先于许多人进入巴黎文人圈，获益匪浅，开始了第一个创作高峰期。

优秀的作家往往不会局限于一两种体裁，比如鲁迅除了写小说，还会写随笔、杂文，研究文学史，翻译外国文学。拉氏除了写小说，也写散文和随笔，尤其擅长写剧本，接连写出《艰难时刻》（剧本，1918）、《天堂的秘密》（剧本，1919）、《永恒的微笑》（小说，1920）、《邪恶故事》（短篇小说集，1924）、《现实之客》（自传体小说，1925）、《心中的歌》（诗集，1926）等，初步形成自己鲜明的文学风格——简洁、朴实而深刻。

20世纪30年代初，拉氏去了一趟巴勒斯坦和希腊，实地考察了当地的人文风情，感受那里的宗教意识和尚武精神，为日后几部长篇历史力作收集了大量第一手材料。这期间他写出了《刽子手》（剧本，1933）、《攥紧的拳头》（随笔集，1934），开始进入第二个创作高峰期。

拉氏的剧本品种不少，中文本《刽子手》收入了其中的四个剧本：《艰难时刻》《天堂的秘密》《刽子手》和《哲人石》。

《艰难时刻》由《车祸》《金丝雀》《男孩》三出短剧组成，是作家深受易卜生、斯特林堡的影响，早期创作的试验性话剧作品，三部剧作的内容相互没有关联，但艺术性很接近，都属于20世纪初风靡北欧的先锋短剧，最适合学生剧团演出。

《天堂的秘密》是拉氏年轻时代的代表作，剧本不算很长，但里

---

① 格特鲁德·斯泰因（1874—1946），美国女作家，1907年与女秘书托克拉斯结为终身伴侣，其巴黎寓所遂成为20世纪初著名的文学沙龙场所。毕加索、马蒂斯、海明威、菲茨杰拉德等人，都曾先后成为其沙龙的座上客。

面的角色很丰富，有的戴骷髅帽，有的穿紧身衣，有的拄双拐，有的绑着铁爪在地上爬行，还有侏儒和老妇人，当然这些都是配角，主角是一个弹吉他的姑娘，还有一个寻找天堂的迷惘青年。在这样的环境中生活，自然是很悲伤的，年轻人走投无路，只能向姑娘求爱，结果遭到断然拒绝，因为姑娘的灵魂丢失了，弹出的永远是乱音。

独幕剧《刽子手》写于1933年，拉氏正值不惑之年。那是纳粹猖獗的年代，希魔彼时如日中天，还要过十二年才死在柏林的地下室。剧本表面上描述中世纪的刽子手，实际上暗讽希魔，当时法西斯主义不仅在德国盛行，在北欧和南欧的一些国家，如芬兰、塞尔维亚、罗马尼亚等也大受欢迎，喜欢纳粹是正确的选择，不喜欢有可能惹麻烦。拉氏不但不喜欢，还写剧本讽刺，这就很需要些胆量。历史证明尽管希魔早就死了，但纳粹阴魂不散，至今还游走于欧洲的大地上，光头党就是很典型的例子，这也说明拉氏的文学嗅觉是敏锐的，如同奥威尔的《1984》，具有洞穿历史的卓越能力。文学的真正价值，是对一切时间藩篱的穿越，赢得一代代年轻读者的心。

剧本分为两部分，前面部分是一群古代底层匠人，围坐在小酒馆的长桌前，喝酒议论当时的绞刑架，绞死了不少无辜的人，表达对社会不公的不满，而坐在另一端的刽子手一言不发。后面部分描写的是同样在酒吧内，一群人也在喝酒，但因政见分歧发生冲突，导致随意开枪杀戮。比如他描写两位年轻人，在完成暗杀任务后，来到酒吧寻找伙伴。

甲：早知道做个刺客有这么多麻烦，我就不朝那家伙开枪了，

据说他还是个体面人。

乙：是的，不过从装束就可以看出来，他不是我们这边的人。

甲：嗯，有些可怕。今晚你去帮忙搬尸体吗？

乙：搬尸体？

甲：是呀，根据新观念，我们要去把几个叛徒的尸体，从教堂墓地搬到沼泽地，那边才更适合他们。

乙：哦。

甲：哦？你不去？

乙：不知道……有什么说法吗？

甲：说法？这是组织上的要求！

乙：没什么，只是觉得太他妈恶心！

甲：你想拒绝听从指令！你流露了自己的这点小心思！

乙：我要去！我告诉你！

甲：不，先生，我们不会让你这么轻松地去！

乙：我要去！你这狗杂种！

甲：听见了吗？他骂我们是狗杂种！你想拒绝吗，想逃跑？

乙：我没有拒绝！

甲：不，你拒绝了！

第三者：别站在那儿跟逃兵争吵，够了！

（传来一声枪响，还有沉重摔倒的声音）

把尸体抬出去。

甲：不，就让他躺着，又不妨碍谁。

作家描写在不同的时代，统治者的套路都是一样的，都喜欢用欺骗民众的办法，建立残酷的独裁专制，像对待牲口一样对待本国人民。剧中描写白人酒鬼掏出手枪，强迫黑人乐手演奏进行曲，场面十分惊心动魄，黑人因拒绝演奏而招致殴打，又因反抗而招致枪击，最终带着满脸的鲜血，被迫进乐池，一边流血一边演奏，再现了20世纪30年代的种族歧视，显示出鲜明的时代特征。

七

19世纪末的北欧舞台，出现了两位现代派戏剧大师，易卜生和斯特林堡，拉格奎斯特的戏剧创作深受他们的影响。易卜生是挪威人，其作品以猛烈抨击传统道德习俗闻名于世，虽然遭到保守势力的抵制，与自己笔下的娜拉一样，被迫出走异国他乡，但丝毫也没有放弃自己的信念。拉氏不但佩服易卜生的勇气，对其精湛的创作手法也推崇备至，年轻时就苦读其剧作，非常喜欢其中的口语化对白，把这种对白运用到了自己的作品中。

另一位大师斯特林堡是瑞典人，因其自然主义和表现主义的创作手法，被誉为瑞典的现代戏剧之父。拉氏的剧作基本上可以归为表现主义流派，注重剖析人物的内心，尤其喜欢制造舞台的灯光效果，用灯光的梦幻转换，表现时光的前进与倒退。拉氏年轻时意气风发，观点锐利，曾预言后人回看他们那个时代，看到的只有堕落，而其中最明显的痕迹，是文学的日趋保守，为此他做出了巨大的努力，试图力挽狂澜。

《哲人石》（剧本，1947年）是拉氏剧本的扛鼎之作，表达了作家对社会变革与生命奥秘的深邃思考。20世纪的前五十年，欧洲就经历了两次世界大战，这不能不令有识之士对人类的命运产生担忧，人究竟为何而活着，社会究竟怎样变化才算是进步，这些都是永恒之谜，历代哲学家苦思不得其解。剧中的主人公艾尔伯特斯，就是一位炼金术士，也可以说是一位学者、哲人或大师，他受王子之命，试图用炼金术点石成金，为皇家提取黄金，而内心更多的思考，是对真理的探索与追求。

因为长年孤灯清影，在炉前从事日复一日的单调工作，艾尔伯特斯的家境是比较贫寒的，经常要在赐福日进王宫领取王子的赏金，这种事他开始还亲自去，后来碍于自尊，自己不愿露面，总是让女儿凯瑟琳去领，而女儿也在成长中，不久就进入豆蔻年华，美丽的姿容为王公贵族所垂涎。

女儿与一位犹太少年雅各布两小无猜，结下了很深的情谊，也曾想比翼双飞，去遥远的土地共享爱情。不想终于有一次，去王宫领取赏金时，成为宫廷纨绔子弟的玩物，拿到一条金项链，从此进入了青楼。剧本中有一段这样的描写，一天凯瑟琳很晚回来，将一袋金子扔到父亲面前说：

爸，你努力了几十年也没取出黄金，而我已经用身体取到了。

这句话表面上是讽刺父亲做的事徒劳无益，而更深层的意味，是揭露了残酷的社会现实，是对社会不公的强烈抨击。杜甫有"纨绔不饿死，儒冠多误身"的诗句，写的就是这种景象。

一次纨绔子弟喝醉酒，居然追到凯瑟琳家中调戏她，雅各布刚好去看望她，忍无可忍将纨绔掐死，凯父竭力想顶罪，谎称是自己失手打死的，但雅各布还是被处以极刑。凯瑟琳万念俱灰，扔掉了那条金项链，说那是撒旦给她的绞索，去修道院做了一名杂役修女，从此断了对人世间的念想。这结局有点像宝玉出家，世界白茫茫一片真干净。

所谓哲人石，指的是术士长年苦炼而依旧不变的石头，也喻指经年苦思终不获的精神指导，拉氏的剧作如同其小说，最终还是归结于信仰，唯有信仰帮助灵魂穿越千山万水，过渡到永生。如果说东方人看重的是超度，西方人终日追寻的，则是灵魂的安歇，也即我们知道的安魂。灵魂如果不能安歇，肉体便会陷入困顿与焦虑，进而在迷茫中受到伤害，所以安魂是永恒的追求。

剧中有一段艾尔伯特斯与犹太拉比萨门戴斯的对话，后者是雅各布的父亲。

萨：你的研究有没有取得进展？

艾：当然，当然有进展，但这种事不好说得太确定。

萨：是的，当然是这样。……但你依然坐在哲学的炉火前，我敢确信这些年来，你已经有了许多发现，解开了不少谜团……你的工作台，那年代久远的炉火，依然在日夜燃烧，一切的一切都跟以往一样，从一个混乱无序的世

界，走进这间屋子里，看见屋内有个人在寻求智慧，这
是多么愉快的事呀……

艾：嗯，嗯，要想确定是否真的有进展，这还只是想象，显
然是很困难的，仅靠研究的成果不足以证明，有可能路
子是对的，也有可能是歧途，新的发现又可以说明先前
只是想象，尚无法确定。有时候新发现说明，一个人知道
得很少，非常非常少。

　　两个男人的对话，表现了哲学思考面临的永恒困境，哲学不是
用来挣钱的，所以哲学家不可能有钱，也不可能为社会创造财富，哲
学思考的是生命的终极，也即幸福与痛苦，而那样的精神世界，靠挣
钱是无法企及的。拉氏充分运用了戏剧的特殊表达方式，几乎所有的
对话都简洁而动人，每个角色都感情丰富，除了哲人父女，母亲玛丽
娅、犹太拉比萨门戴斯父子等等，都擅长说理，故事跌宕起伏，具有
强烈的感染力。

　　安德烈·纪德[①]在评论拉格奎斯特的作品时说："他在连接现实世
界与信仰世界的钢索上令人钦佩地保持着平衡。这是衡量拉氏成功的
尺度。"拉氏作品的最大特色就在于此，就在于从历史的角度看待个
人的命运，看待人类的前途，自始至终专注于对人性善与恶的挖掘，
专注于探讨人的心灵依托和灵魂归宿。"拉氏对情节并不感兴趣，他
善于捕捉那些本质的、典型的和有机的东西。"[②]这种对心灵世界的执

[①]　安德烈·纪德（1869—1951），法国作家，1947年诺贝尔文学奖获得者。
[②]　理查德·沃尔斯：《〈邪恶故事〉前言》（兰登出版社，纽约，1975年）。

着兴趣是与他的生活背景密切相关的。

1940 年，拉氏被评选为瑞典文学院院士，他大概不曾想到，十一年后正是这所学院授予了他诺贝尔文学奖。次年又被授予哥德堡大学名誉博士学位。20 世纪 40 年代中期，瑞典分批出版了他的诗歌卷、散文卷和戏剧卷。接着问世的便是使他饮誉世界的两部长篇历史小说《侏儒》（1944）和《大盗巴拉巴》（1950）。

这两部小说不仅集中反映了拉氏对人类命运的理性思考，而且也充分表现了他的艺术才能。拉氏作品的艺术特色，除了前面提到的语言朴实，还表现为他对人类文化精华的领悟、吸收与运用，这一点尤其受到同时代许多大作家的钦羡与推崇。W. H. 奥登[1]在将拉氏的一些诗作译成英文之后说："拉格奎斯特的作品多引用各种宗教经典，《圣经》、《吠陀经》、《火教经》、《可兰经》、冰岛传奇与诗歌、民歌、《卡利瓦拉》[2]等，都在他的引用之列，拉氏风格的特点就在于其简洁、认真和具有普遍意义，就这一点而言，他堪称无与伦比。"[3]

理查德·沃尔斯则把他与另外几位文学大师做了一番比较，认为他"论粗犷不及班扬，论机敏不及斯威夫特，论奇想又不及斯特林堡，但他吸收了这三个人的道德精髓和艺术精华，因此他是现代古典主义的一位巨匠"[4]。拉氏自己倒是颇为谦逊，他女儿（也是他的选集的编

---

① W. H. 奥登（1907—1973），英国现代诗人。
② 《卡利瓦拉》：埃利阿斯·罗洛特于 19 世纪初收集古诗、神话和英雄故事等编撰而成的芬兰民族史诗。
③ W. H. 奥登：《〈黄昏的土地〉前言》（密歇根州立大学出版社，东兰辛，1975 年）。该书为奥登与约伯格合译的北欧现代诗人诗选。
④ 理查德·沃尔斯：《〈邪恶故事〉前言》（兰登出版社，纽约，1975 年）。

辑）回忆说，她父亲在谈到自己作品的特点时，曾私下用明晰、坦诚和深远这几个字加以概括，说自己的追求就是想让这三者达至和谐，时时都担心做不到这一点。

拉氏获得诺贝尔文学奖后，立刻为世人所瞩目，登门造访者如过江之鲫，但他深居简出，闭门谢客，一再声称已经无话可说，想说的都已经写进了作品里。此后他又创作了一系列作品，包括《黄昏的土地》（诗集，1953）、《女巫》（小说，1956）、《玛丽安娜》（小说，1967）等。1958 年 6 月，一家丹麦报刊未经他同意把一篇对他的私人采访文章公之于世，拉氏当即回复一封公开信，重申不对他自己的和别人的创作活动发表任何评论乃是他的准则。[1] 1974 年 7 月 11 日，拉格奎斯特于利丁戈去世，享年八十有三。

阿尔弗雷德·诺贝尔在设立诺贝尔奖时曾经表示，要把文学奖授给那些富有理想倾向并且对人类具有最大价值的作品。拉氏虽然是一位瑞典作家，他的作品所表现出来的对生命意义的探寻却属于全人类。因此完全可以这样说，将诺贝尔文学奖授予拉格奎斯特，不只是拉氏的骄傲，而且也是诺贝尔文学奖的荣耀。

1992 年 6 月

［此次再版，除了《大盗巴拉巴》（含《邪恶故事》）、《侏儒》，又增加了剧作选《刽子手》，对前言的第六节和第七节做了补充。2023 年春天补记］

---

[1]　见 1958 年 7 月 4 日斯德哥尔摩《每日新闻》。

侏 儒

（1944）

第一章

我身高二十六英寸①，体格匀称，只是脑袋瓜或许稍微大了些。头发不像别人那样是黑的，而是带豆红，又厚又硬，自脑门往后翻，但天庭并不显得很高。脸上没长胡须，其他部分倒是跟常人没什么两样。两条眉毛凑得很近，我的气力可是相当吓人，尤其是发火的时候。那次安排我和约沙法进行摔跤比赛，我骑在他背上达二十分钟之久，结果把他给活活憋死了。从那以后，我就成了宫中唯一的侏儒。

---

① 约合 0.66 米。

第二章

　　侏儒通常都是些小丑。他们得玩把戏，说笑话，逗主人和宾客哈哈一笑。但我从来没降低身份去干那种事。甚至没人想到过我应当干那种事。我的形象禁止我那样做。我的相貌决定了我不适合于开荒唐的玩笑。而且我也从来不笑。我可不是小丑。我是一个侏儒，而不是其他，只是一个侏儒。

　　另一方面，我有一只灵巧的舌，偶尔可以给周围的人带来点乐子。这跟做小丑可是两码事。

　　我方才说过自己的脸跟常人并没有什么两样。这样说不是很准确，因为我的脸上线条分明，爬满了皱纹。我并不认为这样有什么不好。生来就是这般模样，假使别人跟我不一样，我也无可奈何。它是我的真实面孔，不漂亮，但也不虚假。也许它并非有意生成这个样子，但我就喜欢看它这般模样。

　　皱纹使我看起来很老。我倒是不老，不过我听说我们侏儒源自一个比现今聚居于地球上的人要古老得多的种族，因此我们一生下来就老了。不清楚这种说法是否属实，假如当真如此，我们可就成了最原始的生命。对于附属于另一个迥然不同的种族，我并无异议，而且表明了这一点。

其他那些人的面孔在我看来毫无表情。

第三章

　　我的主人待我彬彬有礼，尤其是大王。大王可是个伟大而了不起的人物，胸怀远大抱负，而且懂得如何实现那些抱负。他长于行动，但同时又精于思索，爱好极为广泛，乐于评说天下大事。他用顾左右而言他的办法来掩饰自己的真实目的。

　　似乎大可不必如此关注每一件事情（他总是装出这么一副样子），但也许不得不这样做吧，也许作为一位大王，他不得不对每一件事情都有所了解。他给人一种印象，似乎对任何事情都可以了解并且把握住，至少希望能这样。不可否认，他是个仪表堂堂的汉子，是在我认识的人当中，我唯一不蔑视的。

　　他极具叛逆性。

　　我跟我的主人非常熟悉，但还不敢说了如指掌。他的性格极为复杂，想摸清楚很不容易。当然如果说他浑身都是谜也未必如此——绝对不是这样——但不管怎么说，想摸清楚他并非易事。我自己也不是很了解他，但说不清楚为什么却像狗一样对他忠心耿耿。从另一方面说，他也并不了解我。

他并不像对待其他人那样对我发号施令，但是我愿意为这样一位让人心服的主人效劳。我不想否认，他是个了不起的人；可是没有谁在自己的侏儒眼里，依然了不起。

我忠心耿耿地跟着他，像一只影子。

第四章

　　王妃苔俄朵拉非常倚赖于我。我心里装着她的秘密。我从来没有透露过半点口风，哪怕他们把我绑在用刑室里的拉肢刑架①上百般折磨，我也决不会供出一个字来。为什么呢？我不知道。我恨她，会很乐意看见她死，看见她两腿叉开在地狱的火焰里吱吱作响，看见火舌吮舐她那恶臭的肚皮。我恨她那淫荡的生活方式，恨她要我捎给众情人的那些猥亵的情书，恨她那些让我心碎的绵绵情话。但我什么也没说，反而常常为了她拿自己的性命冒险。

　　每当她传唤我进她的卧室，悄声将她的口信送进我耳里，或者将一封封情书塞到我的无袖短皮上衣内，我就会浑身颤抖，热血直灌脑门。可是她毫无察觉，从来就没有想到我的生命正一触即发。不是她的生命，是我的！她只是心不在焉地轻轻一笑，就推我去完成那危险的使命。我在她的隐私当中所占的分量似乎无足轻重。但她信任我。

　　我恨她所有那些情人。真想骑到他们每个人的头上，用我那

---

① 拉肢刑架：古时的一种刑具，将犯人四肢扯开绑住进行拷问。

柄短剑将他们千刀万剐，看鲜血汩汩直冒的美景。我最最仇恨的是堂·里卡多。她勾引他至今已有数年，看来永远也不打算甩掉他。我发现他很讨厌。

有时候她还没起床，就把我叫进卧室，不知羞耻地裸露着身子。她已经是半老徐娘，躺在床上将珠宝一件件从丫鬟递送上来的宝匣中取出来时，乳房斜挂下来。我真不明白怎么会有人爱上她。她身上没有任何能促使男人产生欲望的东西。如果要说她美貌迷人，那也是很久很久以前的事。

她问我今天她该戴哪串珠宝。她喜欢问我这类问题。她任它们顺着她的纤纤玉指缓缓滑落，懒洋洋地在丝绸被单下面摊开身子。她是一个婊子，躺在高贵的大王床上的一个婊子。她一生都在玩味爱，就像玩味珠宝一样，心不在焉地笑着，任它们在她的手指间匆匆逃窜。

遇到这种时候，她总是很悲哀，或者装出很悲哀的样子，用很忧伤的姿势捻着脖子上的一串金链，让金链上那颗硕大的红宝石在双乳间闪闪发光；这时她就问我她是否该戴那串项链。她床上的那股味让我作呕。我恨她，我要看她被地狱之火烤焦。但是我回答说，我觉得她应当就挑那串，于是她抛给我一个感激的眼色，好像我分担了她的忧愁，给了她一点莫名的安慰。

她有时候把我称作她唯一的朋友。还有一次，她问我是否爱她。

第五章

那么大王呢？难道他一点都没怀疑？或者对什么都怀疑？

看起来她暗地里的那些事好像对他并不存在。可是谁又能说得清呢，他这号人谁都猜不透。他白天跟她结伴而行，似乎白天他就比较有精神，因为在日光下他显得容光焕发。真奇怪，我居然摸不透这样一个人——摸不透他！也许这是因为我是他的侏儒，而且再说一遍——他也并不了解我！相形之下，我更了解王妃，但这并不重要，因为我毕竟恨她。你很难了解那些你不恨不爱的人，对于他们你不想设防，也懒得去揣摩他们的内心。

他跟王妃的关系如何呢？莫非他也是她的情人？也许是她唯一真正的情人？也许这就是他对她那些所作所为无动于衷的原因？我感到心烦意乱——可如果不是他呢？

我不大明白这个冷漠的人。他那种优越感不时地刺伤我，使我感到不自在，但又很无奈。我希望他对我好点。

第六章

　　宫里挤满了陌生人。有用手托住脑袋苦思冥想生活意义的聪明人；有相信可以用自己的昏花老眼追踪群星轨迹，甚至相信星星反映着人类命运的学问家；有向宫中淑女朗诵缠绵诗句，凌晨时却被发现趴在沟边呕吐污物的死刑犯和冒险家（有个人趴在那里时被人用刀捅死，我记得还有一个人因为写诗讽刺摩洛塞利骑士，结果被人痛揍了一顿）；有在教堂里涂满了道貌岸然的神像的散漫的艺术家；有构思新教堂钟楼的雕塑家和绘图工；还有形形色色的空想家和骗子。他们如流浪汉一般来来往往，有的逗留的时间很长，好像家在这里一样。他们都尽情享用大王的一番好意。

　　他让这么一帮子毫无用处的人留住这里真是莫名其妙，更莫名其妙的是，他还坐下来听他们说话，听他们喋喋不休地瞎侃。我倒是能够理解他偶尔去听听诗人们背诵自己的诗句；他们被看作是王宫豢养的小丑。他们讴歌人类灵魂的高尚与纯洁、伟大的事件和历史性的丰功伟绩，从来不说不利于那一切的话，竭力奉承讨好他。人类需要奉承，否则就无法满足，连脸面都过不去。无论是过去还是现在，美丽和高贵的东西都有许多，但是如果不加以适当的赞美，就会显得既不美丽也不高贵。他们首先讴歌爱情，讴歌它应有的样子，因为没有什么比它更需要有所调整的了。女士们充满忧伤，双乳因叹息而不住地起伏；男士们两眼迷惘，神思恍惚地注视远方。其实他们都知道它是怎么回事，因而意识到这一定是一首好诗。

我也理解一定有画家为他们绘制了宗教图画，这样就可以有一些不像他们那么可怜肮脏的东西供他们膜拜：死后荣耀倍增的殉教者被画成美丽脱俗的图画，穿上华贵的外衣，脑袋上还绕着金色的光环。好像他们这惨兮兮的一生了结之后，也将得到这份荣耀。图画告诉这帮贱民，他们的神①在人世间试图有所作为时，被钉死在十字架上，从而让他们明白，活在这世上毫无希望可言。这些傻乎乎的手艺人对于一位君王来说是很有意义的，但我真不明白他们在宫里有什么事可干。

他们给人提供了一处可以歇息的场所，一座教堂，一间时时都可以歇下来寻求宁静的装饰华丽的用刑室，一个他们的神永远挂在十字架上的地方。这点我明白，因为我自己也是个基督徒；我跟他们一样，也为了相同的信仰洗过礼。那是一次正式的洗礼，是在杜克·贡扎嘎和朵娜·埃利娜的婚礼上进行的，为此还开了一场玩笑。我被当作头生子抱进城堡的礼拜堂，然后当着所有惊讶万分的来宾的面说，这是新娘子在婚礼上生下来的。我常常听人提起这个玩笑，对它记忆犹新，因为发生这事的时候，我正好十八岁，大王把

---

① 指耶稣。

我借去助兴。

不过我感到纳闷的是，怎么会有人居然去听别人喋喋不休地唠叨生命的意义，去听那些哲学家谈论什么生啊死啊永恒的苦恼啊之类的话题，还有关于美德、荣誉和骑士风度的诡辩说教，等等。那些自欺欺人的家伙都懂点星相学，相信那些星星跟人类的命运息息相关。他们都是些渎神者，至于怎样渎神我就不得而知了；那不关我的事。其实他们是小丑，尽管别人和他们自己都没有意识到这一点。没人取笑他们，没人从他们的空想中得到一丁点儿快乐，没人去想他们为什么被召到宫里来。但是大王愿听他们说，好像他们的那些屁话意味深长，每当叫我往他们的酒杯斟酒时，他都若有所思地捋着自己的胡子。那些酒杯跟他自己的杯子一样都是银制的。唯有他们把我抱到膝上让我倒酒时，大家才会笑出声来。

谁了解那些星星？又有谁能看懂它们的奥秘？这些人能吗？他们相信自己能与星空对话，自以为接到回音时就欣喜若狂。他们摊开星图，像读书一样阅读天空，可是这部书却又是他们自己写的，而那些星星依然在暗夜中赶自己的路，运行路线无迹可寻。

我也读夜空这部书，可是无法破译。智慧告诉我，不可破译的不仅仅是书，还有星空。

一到晚上他们就坐在塔顶，西边那座塔的塔顶，守着那些圆筒和象限仪，自以为正在陪伴宇宙。我坐在对面的塔上，塔下就是破旧的侏儒住宅，自从把约沙法勒死之后，这里就只有我独自居住。这儿的窗户像箭孔一样小，低矮的天花板配我们这号人正合适。这里一度住过众多侏儒，都是从遥远的地方选来的，甚至远到摩尔王国①。有的是君王贵族和主教大人赠送的礼物，有的是按照惯例交换的货物。我们侏儒没有家园，也没有父母；任由陌生人偷偷摸摸地随地生养，生在最贫苦最可怜的人家里，因此我们这族人决不会死绝。这些陌生的爹娘一旦发现自己生出的是我们这族的人，就把我们卖到权势显赫的帝王家，用我们畸形的身体供帝王取乐，做帝王的弄臣。我妈妈就是这样把我给卖了，她一看见自己生出的是个什么玩意儿，就非常厌恶地掉头而去，根本不明白我属于一个古老的种族。她用我换到了二十斯库第②，又用那笔钱买了三腕尺③布，还为自己的羊买了一条牧羊犬。

我坐在侏儒住宅的窗户前，凝视着夜空，像那些人一样搜寻它。我可不需要什么圆筒，也不需要什么望远镜，我自己的凝视已经足够深远。我也读黑夜这本书。

---

① 摩尔人是生活于非洲西北部的一支部落，信奉伊斯兰教。
② 斯库第：一种古银币。
③ 腕尺：古时一种长度单位，自肘至中指端之长为一腕尺，约二十英寸（约0.5米）。

第七章

大王之所以对这帮文学者、艺术家、哲人和看星星的人如此感兴趣，是有原因的。原因很简单。他要尽可能地让他的王宫声名远扬，尽可能提高他自己的声望。据我所知，他想做一些人人都能明白的事情，让天下人都为之羡慕。

我完全明白，而且举双手赞同。

博卡洛萨卫队长①已经进城，并且和他的扈从一道在杰拉尔蒂宫宣誓就职。该宫自从那家人被放逐之后一直无人居住。他拜见了大王，逗留达数小时之久。任何人都未被许可参加会见。

他是一位大名鼎鼎的了不起的卫队长。

修建钟楼的工作开始进行，我们都看着他们的进展情况。钟楼将高耸于大教堂的拱顶之上，钟声响起时，回声将直达天堂。这个想法绝对妙，想法就应当如此。大钟将比意大利任何其他地方的钟挂得都高。

---

① 此处的卫队长，特指 14—16 世纪期间，欧洲各国统管雇佣兵的军事首领。

大王完全醉心于这座建筑物，这完全可以理解。他到现场一遍又一遍地琢磨那些图画，深深地为描述那个被钉死者^①一生的浮雕所吸引。那些浮雕用来装饰钟楼的基座。目前看来进度不是很让人满意。

可能永远也甭想竣工。我的主人的许多盖房子的大胆举动最后总是不了了之。它们竖在那儿，只完成了一半，像某些伟大建筑的遗迹一样美丽。不过遗迹也能让人对其设计者产生缅怀，我从不否认他是一位了不起的大王。每当他从街上走过，我就没有理由不走在他身边。人人都仰望他，没有任何人注意我，也没有任何人想到过注意我。他们恭恭敬敬地向他致意，似乎把他当作伟人，而实际这是因为他们是一群专事奉承的懦夫，而不是因为像他所以为的那样，爱戴他，敬佩他。假如我自个儿在城里走走，他们一看见我就会扔过来脏话："那是他的矮子！踢了他就等于踢了他的主！"他们不敢踢，站在垃圾堆上朝我扔死老鼠和其他脏东西。我一气汹汹地拔出短剑，他们就哄堂大笑。"我们的主多了不得啊！"众人喊道。我无法自卫，因为彼此使用的不是同一类武器，只好狼狈逃窜，衣服上沾满了泥巴和污物。

侏儒对世间的了解总要比他的主人多。

---

① 即耶稣。

第八章

其实我并不在乎为了大王的缘故而吃苦。这证明我是他的一部分，有时候可以代表他高贵的本人。就连那些无知无识的贱民也明白，主人的侏儒就是主人自身，就像砌着塔楼和城垛的城堡就是他，富丽堂皇的王宫就是他，让脑袋在广场上落地的刽子手就是他，无可估量的财宝就是他，饥荒时向饥民分发面包片的城堡主人就是他一样——一切的一切都是他。他们对我所代表的权力并没有概念。看到自己被人憎恨，我感到十分满足。

我尽可能穿戴得跟大王一模一样，款式相同，质料相当。他那身装束的任何部分我都要模仿。我像他一样也随身带着一柄剑，只是短些。假如你注意到我的言谈举止，就会发现我跟大王一样高贵。

我俨然成了大王本人，只是个头要矮小许多。如果有谁拿西塔上那些小丑用来望星星的望远镜望我，准会以为我就是他。

侏儒和小孩差别很大。因为二者个头相当，所以人们就以为他们是同类，彼此合得来；其实并非如此。侏儒被安排跟孩子一块玩，被迫这样，也不想想侏儒其实跟孩子正好相反，生下来就很老。据我所知，侏儒孩子从不玩耍——为什么非要玩耍呢？瞧瞧那些干瘪的老脸，就让人感到毛骨悚然。这般戏弄我们侏儒，比严刑拷打还要残酷。可是人类对我们一无所知。

我的主人倒是从不强迫我去跟安吉莉卡玩，可是她自己却这样做。我不是说她这样做有什么恶意，只是回首往事，尤其是想到她那娇小的模样，我就感到自己仿佛成了某种精心策划的恶作剧的牺牲品。那个长着一对蓝蓝的圆眼睛和一只樱桃小嘴，在一些人看来奇妙无比的小东西，折磨起我来却是比宫里的任何人都要厉害。从她刚能蹒跚行走时起，每天一大早，她就抱着小宠物摇摇晃晃地走进侏儒住宅。

"皮科里纳，跟我们玩吗？"

"不玩，我有更要紧的事要想，我的时间可不是拿来玩的。"我答道。

"那你干什么呢？"她问，一点礼貌都没有。

"这种事跟小孩讲不清楚。"

"可是你总得出去呀，总不能整天躺在床上吧！我起床已经好久好久了！"

于是我不得不跟着她出去。虽然是一肚子怒气，但我不敢拒绝，因为害怕冒犯主人。她拉着我的手，就好像我是她的小玩伴；她老是喜欢拉住我的手，而我最讨厌那些黏糊糊的小爪子。我满腔怒火地攥紧拳头，可她又很单纯地握住了我的拳头，牵着我东跑西颠，自始至终话说个没完。我们去看看她打扮喂养的布娃娃，懒洋洋半睁着眼趴在狗窝外边的幼犬，还有跟小猫一块儿玩的玫瑰花园。让人恶心的是，她对各种各样的动物都喜欢，不是长大的那些，而是幼崽——其实，只要小她都喜欢。她可以坐在那里，跟她那些小宠物一玩就是好几个世纪，而且还要我也参加。她相信我也是个孩子，也有那般童趣。我！我对什么都没兴趣！

有的时候，她很惊奇地瞧着我这张爬满皱纹的老人的脸，发现我是那么厌烦和痛苦，于是脑袋里似乎闪过一些念头。

"你为什么不喜欢玩？"

看见无论是从我的紧闭的嘴里，还是从我饱经沧桑的深邃而冰凉的眼睛里，都得不到回答，她那对新生儿的眼睛就闪过一丝羞色，有那么好一会儿不再说话。

玩是什么？毫无意义的嬉闹。自欺欺人的处世方式。人们不必被认真对待，不必太当真，只要演演戏就行。占星术士玩星星，大王玩他的宫殿、教堂、十字架受难图，还有钟楼，安吉莉卡则玩她的布娃娃——他们都玩，都扮成什么角色。唯有我蔑视这类游戏。唯有我。

有一次，趁她抱着那只讨厌的猫在床上熟睡，我溜进她的房间，用我那柄短剑割下那猫的头，把它直扔向城堡窗户下面的粪堆。我太生气了，对于自己在干些什么，根本就不明白，也可以说，心里明白得很。我在实施一项阴谋，这项阴谋是我在玫瑰花园里苦熬漫漫时光时想出来的。她看见那猫不见了，很伤心。等到众人对她说，它肯定已经死了，她就莫名其妙地发起烧来，大病了好长一段时间。而我呢，真是谢天谢地，不必见她啦。后来她终于又能起床了，我无奈不得不听她凄凄惨惨地叙述起她那宝贝的可怜命运，叙述起那件稀奇古怪的事情。那猫是如何失踪的，倒没谁关心，可是对于女孩子脖子上的那几滴血珠，宫廷里却是议论纷纷，因为那可以被看作是某种凶兆。任何有可能被看作是凶兆的东西都会引起他们莫大的兴趣。

实际上，虽然她玩的游戏花样不断翻新，但她的童年从来没让我安静过。她老是缠着我，信赖我，而我讨厌她那份信赖。我有时候暗想，她对我的纠缠不休也许与她对小狗小猫小鸡小鸭或者其他小动物的宠爱有所不同；也许在受到过惊吓或别种骚扰之后，她不喜欢这个成人世界，甚至害怕它。可是这又与我有何相干！如果她自个儿感到落寞，那也不关我的事。但她老是黏着我，即使已将童年远远甩到身后，那份黏糊劲也并没有减弱。她妈妈在她看上去不再像个娃娃之后，就不再照料她。她也装假，人人都装假。她爸爸当然日理万机无暇他顾。他也可能因为别的原因对她不感兴趣，但是关于这个问题我不想多说。

她直到十岁或者十二岁时，才开始变得沉默寡言，心事重重，这时我总算摆脱了她。自那以后，她总算让我得到了安宁，真是谢天谢地啊，她自己也是一样。可是一想到我为她不得不吃了那么多苦头，我依然悲愤满腔。

现在她开始长大成人，她已经十五岁了，很快就要被当作女人看待了。但她还是很孩子气，没有表现出一丁点儿淑女风度。简直就不能想象她的父亲是谁。应该是大王吧，可她就像个私生女，仿佛是个完全多余的公主。有人说她美。可是我可看不出她那张稚气十足的脸有什么美，嘴巴半张半合，眼睛又蓝又大，看上去傻乎乎的什么也不懂。

爱是这样一种东西，死亡后沤烂成泥土，而后又生出新爱来。死去的爱继续秘密潜藏于活着的爱当中，因此在现实生活里，爱不会死亡。

据我的理解，这就是王妃的经验，她的快活就建立在这上面。毫无疑问，她很快活；她用她的方式将快活洒向周围。这时堂·里卡多也会变得快活起来。

或许是大王曾经点燃过她内心的欲火，他觉得那份爱还活着。他假装她的爱还活着。两人都假装他们的爱还活着。

王妃曾经让她的一个情人饱尝苦头，因为他背叛了她。大王对此一无所知，她哄骗大王为了一项那人从未犯过的罪而处罚他。我是唯一了解真相者，上刑时我也在场。她想瞧瞧他将如何消受。他一点也称不上英雄好汉——表现平平。

也许他是那女孩的父亲。我怎么知道呢？

也可能还是大王，因为那个时候他们的爱情正值第二次花期，王妃使出百种媚态引诱他。她夜夜将他拥在怀里，向他喂送她那不忠的酥胸，它们渴望的是那位失去的情人。她抚爱他，好比他是一个将要受刑的人；他也回报她以爱抚，就像他们相爱初期那些温柔似水的夜晚一样。死去的爱继续潜藏于活着的爱当中。

第九章

　　王妃的忏悔神父在每星期六早上的固定时间都要来一趟。这时候她已起床，穿戴整齐跪在十字架受难像前，祷告两小时。她对自己的忏悔具有充分的准备。

　　她没什么可忏悔的，这倒不是因为撒谎或隐瞒。恰恰相反，她总是无所保留地将心事和盘端出。她没有罪恶的观念。除了头饰没戴好时，或许对婢女有点儿粗暴，她并不认为自己做错了什么事。她像是一张白纸，神父微笑着朝她弯下身去，就似乎她是一名未遭玷污的处女。

　　在俯首于十字架受难像前作过祷告之后，她的那双眼睛明亮而坦然。微型十字架上那个受刑的小男人，为了她的缘故而受苦，所有的罪恶，甚至罪恶的记忆，都已从她的灵魂中抹去。她感到无比强大，重又生机勃勃，同时又沉浸于一种梦幻般虔诚和自省的情境中，恰好与她那张认真而未经化妆的脸和那袭朴素的黑色睡袍相符。她坐下来给情人写信，告诉他她是怎样的感受。一封姐妹般温柔的信，没有提到爱，也没有提到幽会。每逢她有这种感受，她就忍受不了一丁点儿的轻浮。我得把这封信交给那个情人。

毫无疑问，她深深信教。对于她，宗教是某种基本的、绝对真实的东西。她需要它，而且利用它。它是她的心和灵魂的一部分。

大王也信教吗？这比较难说。他当然信，以他自己的方式，因为他就是一切，一切他都唾手可得——可是这能称作信教吗？他乐于承认有这样一种东西存在，乐于听人议论它，听到关于其观念世界的雄辩和富于教益的争论——然而这个世界又有什么东西于他是陌生的呢？他喜欢名画家绘制的三折叠画片和圣母画像，喜欢漂漂亮亮的教堂，尤其是他自己修建的那些。我不晓得这算不算信教。很有可能算。作为一位君王，他信教当然像她一样虔诚。他懂得人们的宗教饥渴应当得到满足，他的大门永远对那种人敞开。僧侣和各色各样的神职人员在这里已司空见惯。但是他自己，像她一样信教吗？那可是两回事，我对此不想发表什么高见。

再说一遍吧，毫无疑问，她深深信教。

也许，两人都信教，各有各的方式。

第十章

宗教是什么？尽管我花费了许多精力思索这个问题，但仍旧不得要领。

特别是前些年，我被差遣在狂欢节上担当主教的职务，主持祷告仪式，为曼图亚①宫廷的侏儒分发圣餐，他们是由他们的大王领到这儿来参加狂欢节的。那时我就常想这个问题。

我们在城堡一座大厅内设立的微型圣殿见面，坐在周围的所有来宾都暗暗发笑：骑士和身穿奇装异服的年轻而高贵的公子哥儿。我举起十字架受难像，全体侏儒双膝着地跪了下来。

"这就是你们的救主，"我的声音异常响亮，双眼闪闪发光，"这就是所有侏儒的救主，他自己也是个侏儒，在庞蒂乌斯·彼拉多②大王的统治下受难受苦，为了所有人的欢乐和喜悦而被钉上这座小小十字架。"

我端起圣餐杯，举到他们头顶。"这就是他那侏儒的血，它洗

---

① 曼图亚：意大利北部一城市名。
② 庞蒂乌斯·彼拉多：公元 26—36 年间罗马帝国派驻犹太地区的总督，耶稣由他判处死罪。

涤所有的罪，让所有肮脏的灵魂变得如雪一样白。"

我又拿起圣饼给他们看，在他们的注视下吃掉圣饼，喝了圣酒，这是我在解释宗教秘密时的习惯做法。"我食他的肉，它像你们一样畸形。它如胆汁一般苦，因为里面充满了恨。你们都吃吧。我喝他的血，它滚烫灼人，如一团扑不灭的火。就好像我喝的是我自己的血。

"所有侏儒的救主啊，愿你的火毁灭这整个世界！"

我把酒泼向坐着的那些人，他们正用阴沉而惊讶的眼光注视着我们这顿悲惨的圣餐。

我不是渎神者。渎神的是他们，而不是我，但是大王把我铐起来关了好几天。那场小小闹剧本来是用来逗乐子的，可我把事情全搅了，来宾们很失望，有的甚至被吓了一跳，找不到足够小的镣铐，他们不得不特制一副。那个铁匠觉得就铐这么几天也要制作一副实在是麻烦得很，可大王却说，说不定下次还能派上用场。他比原先计划的要早几天把我放了，因此我猜想他只是为了那些客人的缘故才惩罚我的，因为他们一走我就获得了自由。尽管如此，以后他总是斜眼瞧我，似乎不愿跟我待在一起；他好像对我有了几分畏惧。

那些侏儒自然什么也不会明白。他们如同受惊吓的小母鸡一般四处乱窜，可怜的阉人嗓门发出凄厉的尖叫。我不明白他们如何能发出那样的怪叫；我自己的声音宽厚而深沉。他们的灵魂深处已遭恐吓和阉割。那帮人多半是小丑，用取笑自己身体的粗鄙笑话羞辱自己的种族。

他们是可鄙的一群。我根本用不着理会他们。我让大王把这儿的侏儒全给卖走了，一个接着一个，最后宫里只剩下了我。他们全走了，我真快活，在我独坐长夜陷入沉思时，侏儒住宅空空荡荡的，一个人影儿也没有。约沙法死了，我也暗暗庆幸，这样我就用不着去看他那张皱巴巴的老太婆的脸，用不着听他那种尖声尖气的嗓音。我喜欢孤身独处。

仇恨同类，这就是我的命。我的种族让我感到恶心。

然而我也恨我自己。我食我自己的苦涩的肉，我饮我自己的有毒的血。我日日领我自己的圣餐，如同我的同类的那个大祭司①一样。

---

① 指耶稣。耶稣在最后的晚餐上，曾有吃自己的身体、喝自己的血的比喻。见《新约·马太福音》第 26 章。

第十一章

自从那件招来众怒的事情过后，王妃的举动变得有点儿乖戾。我获释的那天早上，她把我叫去。我走进她的卧房，她用一种若有所思的目光默默打量我。我原以为会挨训，会受到更多的惩罚，可是等到她开口，她却说我的圣餐仪式给她留下了深刻印象，说其中的黑暗与恐惧唤起了她内心的某种东西。我是怎么识破她内心的隐秘并且与之沟通的呢？

我不明白。在她躺着茫然注视我的身后时，我抓住时机冷冷一笑。

她问我吊在十字架上会是一种什么样的感觉，遭鞭笞，受苦刑，甚至死呢？她又说她觉得基督肯定恨她，他在为她受难时肯定充满了怨恨。

我懒得搭理她，她也没再往下说，只是躺着，茫然地睁着那双神情恍惚的眼睛。

后来她那只美丽的素手做了个手势，让我退下，叫丫鬟拿来血色的睡袍，因为她要起床了。

我依然不明白，在那一刻她被什么迷住了心窍。

第十二章

　　我发现有时候我会吓着别人；他们真正害怕的其实是他们自己。他们以为是我把他们吓着了，其实吓着他们的是他们心中的那个侏儒，是那个长着一张类人猿的脸，在他们灵魂深处昂起头的生灵。他们害怕是因为并不知道自己内心正藏有另一个生灵。一有什么东西从他们的内心深处浮上来，从他们灵魂的污潭浮上来，他们就惊慌失措，那是一些他们不大认识的东西，但又是他们真实生命的一部分。等到不再有什么看得见的东西浮上来，他们就变得心安理得，无所畏惧。他们走来走去，高大而漠然，光滑的脸蛋上没有一丝表情。可是在内心深处呢，总有一些不加理会的东西。他们就这样日复一日地过着各式生活，而没有意识到这一点。这些人是那么阴郁，又那么孤僻。

　　尽管从外表上看不出来，但其实他们已被扭曲。我只是过我自己的侏儒日子，从来不高高大大、脸蛋光滑地胡乱走动。我永远是我自己，永远是这般模样，就孤孤单单这么一条命。我内心没有别的生灵。心中的每样东西我都认得，没有任何东西从内心深处浮上来，心儿并未被秘密所包裹。因此，我决不会害怕吓着他们的那些东西，那些无条理的、不可知的、神秘莫测的东西。对我而言，那些东西并不存在。我身上没有任何于我"两样"的东西。

害怕？害怕是什么？莫非就是深更半夜我独自躺在侏儒住宅时感觉到的那一切？那个时候我看见约沙法的幽灵飘至我的床前，面色死白，嘴巴张开，颈脖上布满蓝色的掐痕。

我一不感到悲伤，二不感到内疚，根本就不觉得心烦意乱。我一看见他，就心知他是个死鬼，而自从他死后，就只剩下我孤零零一个人。

我愿意孤身独处。除了我自己，我不想看见别的谁。我知道他死了，那不过只是他的鬼魂，黑暗中只有我孤孤单单一个人，跟我憋死他之后的日子没有什么两样。

其中没什么可害怕的。

第十三章

宫里来了一个高高大大的人，大王对他殷勤备至，待若上宾。他是被请到这儿来的，大王说他等他已经等了好久，很高兴他终于光临了。他陪着那人，好像那人可以与他平起平坐。

并没有谁觉得此事荒唐，有人还说那人确实不是等闲之辈，同样也是一位国王。可是他的衣着简单朴素，没有君王的气派。我还未能弄清楚他究竟是哪方俊杰，为何如此风采照人，不过到了一定的时候，我自会弄他个水落石出。听说他要在宫里住上一段时间。

我不想否认，这人是有一种魅力。他的举止要比旁人自然而优雅，额头高耸，属于人们通常认为富于智慧的那种，长着灰白胡须的脸庞俊秀而飘逸。他身上有某种高贵和谐的东西，外表安详，气度不凡。

那么他的被扭曲又表现在哪里呢，我暗忖。

第十四章

　　这个值得注意的客人跟大王同桌用餐。席间他们一直不停地谈论着各种话题，我按吩咐侍奉大王，从话中听出那人极有教养。他的学识可谓包罗万象，世间的一切都让他兴味盎然。他尽量阐释自己的看法，然而跟他人不一样的是，他并不想表明唯有自己的观点正确。在对某些问题作了冗长而令人筋疲力尽的说明之后，他就一言不发地坐着，一副似有所思的样子，然后说出一句："不过也许并非如此。"我不明白怎么会这样说呢。它可以被称为一种智慧，但同时也表明，他对事物并不真具有确切的了解，他所苦心构筑的推理程序并没有什么意义。凭我对人类思想的了解，我确信事情往往就是这样。极少有人明白，这就是谦逊的原因。而他有可能明白这一点。

　　大王对这一切都不介意。他听着，仿佛自己面对的是一眼知识与智慧的淙淙清泉。他像一名谦恭的学生面对恩师，不放过对方说出的每一个字，与此同时，又不失君王风度。他时常称他为"导师"。我不大明白他这般谦卑原因何在。我的主人总有他自己的原因。那位有学问的人通常都装作对这种迎合的表示视而不见。也有可能他的确很谦逊，可是另一方面，他说起话来毫不含糊，简洁而富于说服力，以一种极为智慧的方式表明自己的观点，显得既机敏又深刻。他从不犹豫。

他的声音总是低沉而平静，而且异乎寻常地清晰。他对我可谓友善，表现出极大的兴趣。为什么呢，我不晓得。有的时候我简直以为他就是大王，可又说不清楚怎么会这样。

他不算盛气凌人。

第十五章

　　这个引人注目的陌生人准备在圣克洛斯的方济各会①修道院餐厅绘一幅壁画。由此可见，他不过是个专事制作宗教图画的人而已，跟待在这里的其他人没什么两样。这就是他的"引人注目之处"。

　　然而，这并不等于说，他跟那帮头脑简单的工匠兄弟是一类货色，并不等于说他就不比他们高明。你得承认他比那帮人更让人印象深刻，因此大王最乐于听他侃侃而谈也就不足为奇了；这就是大王把他当作神使，没日没夜听他唠叨，让他跟自己同桌用餐的原因吧——除此之外我找不出其他的解释。不过，他毕竟只是个手艺人，他的所作所为都必须靠自己的双手来完成，尽管他的学识和想象力是如此丰富——丰富到让人不能明白！我不大明白他那双手有多能干。既然大王如此器重他，我希望它们有所作为，不过他自己承认，他的许多设想一时并不能实现。尽管他颇具聪明才智，但他不过是立于流沙之上的理想主义者，他想创造的世界也不过是海市蜃楼罢了。

---

① 　方济各会：意大利天主教传教教士方济各创立的教会。

奇怪的是，我对他还没有形成明晰的概念；为什么呢，我不知道。通常说来，我对面前出现的人都能略知几分。他的心智像他的个头一样，显然要比常人高出一截，我不大明白他那份高贵的奥妙何在，或者说他是否真有那么高贵。他应当跟我见识过的其他人差不到哪儿去吧。

不管怎么说，我认为大王对他的价值估计过高。

他叫伯纳多，一个很不起眼的名字。

第十六章

　　他未能勾起王妃的兴致；不管怎么说他毕竟是个老头儿，男人间的谈话似乎不合她的胃口。他们长时间地谈天说地时，如果她在场，就坐得远远的，一声不响。我相信她根本就没去听那个引人注目的人在说些什么。

　　而他对王妃却是兴味盎然。他悄悄打量她，不为他人注意，但被我看见了。他用一种愈来愈意味绵长的忧郁的目光审视她那张脸，似乎想从那上面找到一些什么。那上面会有什么东西如此吸引他呢？

　　她那张脸索然无味。很容易就能看出她是一个荡妇，尽管她把这一点隐藏在光滑而虚假的脸蛋背后。只消随意看上几眼就能看得出来。那么她那张色眯眯的脸上还有什么可探寻的呢？还会具有什么魅力？

　　他这个人显然对什么都感兴趣。我就见过他从地上捡起一块石头，翻来覆去地琢磨老半天，最后放进口袋里，好像是什么稀罕物。无论什么东西似乎都能让他着迷。莫非他是个疯子？

　　好让人羡慕的疯子！既然连一块小石头都能掂出分量来，走到哪里自然都不愁遍地珠宝。

他那份好奇心简直不可思议。他四处留心，想把所有事情的来龙去脉都弄个明白。他向工人请教他们的工具及其用法，评论一番后予以指教。他采撷一束束鲜花从城外漫步而归，坐下来把它们掰开，瞧瞧花蕊是啥模样。他可以一连伫立好几个小时，看飞鸟在天空中翱翔，似乎那也有什么不同寻常。他甚至可以久久凝视挂在城堡大门外木桩上的那些杀人犯和盗贼的首级（它们是如此腐烂，没谁愿意瞅上一眼），似乎那是一些奇异的谜，用银笔把它们勾画在纸上。前几天弗朗西斯科被吊在外边的广场上时，他跟一帮孩子一道挤在人群前列，那样可以看得更清楚。到了夜晚，他就站着凝望星空。这人的好奇心简直没有止境。

难道真能对世间的一切都这么入迷？

第十七章

他怎样四处窥探我都不管，但他只要再碰我一下，我就要让他尝尝我的剑！我已打定主意，付出何等代价都在所不惜！

今天晚上我给他倒酒时，他拿过我的手，想仔细瞧瞧，但我很生气地抽了回来。可是大王却笑了，说是我必须让他瞧瞧。他不知羞耻地凑近观看，细查腕部的关节和皱纹，居然还想把我的袖口撩上去看我的胳膊。我很气愤地再次把手抽回，怒火在心中燃烧。我眼冒怒火站在那儿，他们两人却笑了起来。

他只要再碰我一下，我就放他的血！

我不能容忍任何人碰我，我不能容忍对我身体的任何冒犯。

有这么一个奇怪的谣传，说是他已说服大王把弗朗西斯科的尸体交给他，由他进行解剖，瞧瞧人体内部是什么模样。不可能真有其事。太荒唐了。而且他们也不可能把尸体取下来，它吊在那儿是对百姓的一种警告，也是对该罪犯的一种羞辱。这无赖既然已被判处死罪，为什么不把他像其他罪犯一样交给众人碎尸万段？我很不幸认识那家伙，深知他应得那种报应。他在街上好几次辱骂我。假如他们把他取下来，那就是说他跟其他该当绞死的罪犯的下场就大不一样了。

我在黄昏时听到这种谣传。现在已是夜晚，看不见那具尸体是不是还吊在那个地方。

我真不敢相信此事当真。真不敢相信大王居然会答应这种事！

第十八章

　　真是这样！那个无赖已经不在绞架上！我还发现了他在哪里；那哲人①正醉心于他那件可怕的杰作。

　　我发现地窖里有些异常，因为平时总关着的一扇门打开了。昨天我就注意到了，但没往深处想。今天我查看了一番，发现那门依然半掩半开。我钻进又黑又长的地道，来到另一扇门前。这门也没有关，于是我悄无声息地溜了进去。在一间很大的屋子里，那老头站在从南墙的一道窄缝射进来的光线中，正俯身于弗朗西斯科支离破碎的尸体上！起初我简直不敢相信自己的双眼，可它赤裸裸地放在那里，内脏清晰可见，还有心和肺，跟动物一样。我从未见过这么恶心的东西，从未料到人体的内部是如此让人作呕。可他俯身在它上面，全神贯注地研究它，用一柄细长的刀子小心翼翼地切割心脏四周。他是如此着迷于自己的所作所为，根本未察觉我在屋子里。除了他那具令人翻胃的占有物，其余的一切对他似乎都不复存在。后来他终于抬起头，看了看上方，两眼熠熠闪亮。他的表情

---

① 指伯纳多。

是如此欢喜，仿佛过节一样。我可以尽情地注视他，因为他在光线里，而我在暗影中。此外，他已完全痴迷，好像是一位正与上帝密语的先知。真让人反感。

这就是王公贵族！忙着破解罪犯大肠的君王！一头扎进死尸肚腔的君王！

第十九章

今夜他俩坐着聊呀，聊呀，午夜都过了还在聊，这是以前从未有过的事。两人直聊得心醉神迷。他们提到人体，提到它的无穷无尽和丰富多彩，好伟大的结构！好简单的奇迹！血管引导血液流遍全身，就像泉水被引导流遍大地；肺叶用来呼吸，恰似大海的呼吸是潮涨潮落一样；骨骼支撑身架，如同石块支撑大地，而泥土正好是大地的肉体；灵魂的热量正像地心里的火，也同样来源于太阳，来源于昔日被膜拜的神圣的太阳，它孕育所有的灵魂，它是一切生命的来源，它用它的光照亮宇宙天体。因为我们这个世界在苍茫浩宇中仅有一个。

他们聊得忘乎所以，我只得听着，既不明白他们在说些什么，也不能表示出不耐烦。我越来越相信，他是个疯子，而且还想把我的大王也弄疯。让人不解的是，我的主人在他手里居然会如此软弱而驯从。

有谁真会相信这种奇想？有谁会相信他所称的事物间的内在联系，事物间的奇妙和谐？又有谁会用上这种说起来动听，可是毫无意义的字眼？大自然的奇迹？我一想到弗朗西斯科的大肠就直恶心。

能看到人体的奇妙结构是多么幸运呀，他们惊叹。还有如此多的奥秘需要去探索。学会认识这一切，认识所有潜在的力量，懂得如何运用它们，人类就可以变得强大有力，游刃有余。大自然将屈从于他的意志；烈火将谦恭地为他效劳，其野性将被抑制；大地将结出累累硕果，因为他发现了养生法则；河流将成为他的戴镣而顺从的奴隶，海洋将让他的船漂浮于世界，就像这世界如一颗星漂浮于太空。连大气也将被征服，有朝一日他将模仿鸟儿的翱翔，如它们那样在空中飘飞，跟鸟儿和星儿一道飞向超越人类想象范围的远方。

啊，人生多么美好，人类自身还有多少未解之谜！

他俩的喜悦简直没完没了。他们像是梦见玩具的孩子，一下子出现那么多玩具，真不知道该如何是好。我睁着侏儒的双眼注视他们，爬满皱纹的苍老的脸上，连一条肌肉都没被感动。侏儒可跟孩子不一样，侏儒从来不玩。他们在高谈阔论时把酒喝完，我就走上去把大酒杯斟个满满。

他们对生命的美妙懂得多少？又如何懂得生命的美妙？这只是一句格言，他们喜欢这样说。你可以断言，生命渺小、无聊而又无关紧要，如一只小虫子用指甲盖一碾就死。有人甚至补充说，被指甲盖儿碾死实在算不了什么，能有如斯结局当属万幸。为什么就不可以这样呢？为什么那么急于活下来？为什么要为生存或为其他而百般挣扎？为什么就不可以对人世间的一切都淡然处之？

洞悉自然的本质？这样做又会有什么欢乐？如若他们果真做到了这一点，内心又会充满恐惧。他们以为如同其他事物一样，它对他们的生存和幸福有利，因此生活将会变得奇妙而美好。他们知道些什么？又有谁去关心他们那些幼稚可笑的欲望？

他们以为他们能读懂自然这部书，它就摊开在他们面前。他们甚至相信自己能随意浏览，读懂那些未着一字的空白页。大大咧咧而又自欺欺人的疯子！简直自负得不着边际。

谁知道自然的子宫里孕育的是什么？谁又能猜得出来？母亲知道自己怀上了什么吗？她怎能知晓？她苦苦煎熬，产下来的是什么只有我们知道。侏儒可以告诉他们是怎么回事。

他谦逊？那我可就大错了。恰恰相反，他是我所见过的最最孤傲的人。他的整个生命和灵魂都充满了傲气。他是如此自负，一副居高临下的模样，如同一位君王，俯视一片尚未被征服的世界。

在思考事物的方方面面时，他会表现出很谦逊的样子，说自己这也不懂那也不懂，他这样做是想把事物化解得更好弄懂。他认为自己了解世间一切的结局和终极，而且知道为什么！他的谦卑只用于小事，于大事则决不。这是一种非常奇怪的谦逊。

万事都自有其道理，这一切时时都在产生，时时都困扰着人。而生命本身并无意义，否则它就不会存在。

这就是我的信仰。

第二十章

哦，可羞！哦，可耻！我从来没有遭受过在那个倒霉的日子降临到我头上的那种奇耻大辱。我要把事情的始末记录在案，尽管我并不愿意再去回忆那件事。

大王命我去见正在圣克洛斯的餐厅作画的梅斯特罗·伯纳多，说是他需要我。我并不情愿被那个目中无人的人当作仆人看待，他跟我毫无关系，但我还是去了。他以最最友善的方式接待我，说他对侏儒一贯都怀有浓厚的兴趣。我心想："这人连弗朗西斯科的大肠和天上的星星都感兴趣，还能有什么不感兴趣的呢？"但是，我继续对自己说："他不了解我，不了解侏儒。"又说了一些动听的空话之后，他说他愿意为我画一张像。起先我以为他是说为我画一张肖像，这事大王偶然说起过，我当时就感到受宠若惊。虽然如此，我还是回答说，我不希望我的形象被复制。"为什么不希望呢？"他问道。我大大方方地说："我想拥有我自己的脸。"他觉得很奇怪，笑了起来，不过又承认我说的是有些道理。可是，即使不被复制，一个人的脸也为众人所有，也为所有注视它的人所有呀。这时候那个问题提了出来，说是要表现我的形体，因此我必须脱掉衣服，这样他就可以描摹我的身体。我感到自己面色发青，也不知道这是因为愤怒还是因为恐惧（我一时分辨不清哪种感觉更为强烈），二者都震撼着我，因此我全身发抖。

他注意到了他的无理要求在我身上引起的激烈反应，就说做侏儒没有什么可耻的，显露自己的身体也大可不必羞惭。他对自然属性总是深表敬意，哪怕它变幻出超出常理的东西。一个人在另一个人面前显露自己并不可耻，没有人真正拥有他自己，等等。

"可是我拥有！"我叫道，感情极为冲动，"你们不拥有你们自己，可是我拥有！"

他非常平静地听我叫喊，甚至很好奇地观察我，这更使我怒火中烧。后来他说他得开始啦——朝我挨得更近了一些。"不许侵犯我的身体！"我尖声狂叫，但他根本就不予理会。后来他意识到我绝不会心甘情愿地脱衣服，就想亲自动手把我扒光。我猛地把短剑抽出剑鞘。看见它在我手里闪闪发光，他吃了一惊。他把它从我手里拿走，小心翼翼地放到远一些的地方。"你可是个危险人物嘛。"他说，似有所悟地瞧着我。我感到这句评语是对我的蔑视。后来，还是那么安详，他开始剥我的衣服，毫不羞耻地暴露我的身体。我绝望地进行反抗，为了自己的生命跟他搏斗，但一切都是徒劳，因为他比我有劲。等到他终于达到了卑鄙的目的，就把我放到屋子中央的一座架子上。

我孤立无援地站在上面，全身一丝不挂，虽然是气得直翻白眼，可是却动弹不得。他离我远了点，没有什么表情，用毫不怜悯的目光冷冷审视我，细看我的羞处。我完全暴露在他那无耻的目光下，任他探寻，任他占有，好像我是他的财产。被迫那样站着让人品头论足，这种伤害是如此巨大，每每回想至此，想到自己竟然落到如此境地，内心就被羞辱所灼烤。我还记得起他那支银笔在纸上划出的沙沙响声，也许他就是用这同一支笔，描摹过城堡大门外那些干瘪的首级，以及种种令人厌恶的东西。他的目光依然如此，如剑锋一般锐利，仿佛穿透了我的心。

在那段梦魇般的时光里，我对人类的仇恨达到无以复加的地步。这份仇恨是如此强烈，我感到自己就要失去知觉，眼前一阵阵发黑。这世间还有什么东西比人更可耻？还有什么东西比人更可恨？

对面的墙上，就是他那幅被认为是杰作的巨型壁画。那时候它尚处于草图阶段，但看得出来描绘的是"最后的晚餐"，即基督和他的门徒们在享用爱餐①。我对他们怒目而视，他们一个个神情庄重地坐着，自以为高人一等，聚集在他们的天主四周，就是头上环绕着美妙光环的那个。我马上就快慰地想到，他就要被带走，那个犹大②，缩在远处角落里的那个，很快就要出卖他啦。

我暗想："他现在依然受到爱戴，受到尊敬，他现在依然坐吃他的圣餐——而我却蒙受侮辱站在这儿！可是他的耻辱也快到啦！要不了多久，他就不是跟他的门徒们坐在一起，而是孤零零地吊在十字架上，被他们出卖啦。他将被吊起来，跟我一样赤身裸体，跟我

---

① 最后的晚餐：耶稣被钉十字架前和十二个门徒举行的最后一次聚餐。席间耶稣指出有人要出卖他。众门徒闻讯皆感震惊，各自流露出不同神情。见《马太福音》第26章。后世欧洲艺术家经常以此为题材作画，其中以达·芬奇的《最后的晚餐》最为著名。
② 犹大：耶稣的十二门徒之一。后为了三十块银币出卖了耶稣。

一样蒙受屈辱，暴露在众人的目光之下，受人取笑，遭人唾污。为什么就不能这样呢？为什么他就不能像我一样蒙羞受辱？他一贯受人爱戴，心中充满的是爱——而我的心中充满的是恨。打从降临人世，我吸吮的就是恨的苦汁，我躺卧的胸脯充满了苦楚，而他呢，由温柔文雅的玛多娜①抚育，吸吮的是最最甜蜜的母乳。他那样坐着，纯真而慈爱，无法相信有谁会恨他，有谁想害他。怎么可能呢？怎么可能恨他呢？他相信天底下的人一定都爱他，因为他是由他的天父所生。多么无知！多么幼稚！这正是他们积怨于他的缘故，正是他被吊死的原因。人类不想遭受上帝的蹂躏。"

我终于结束了羞于启齿的屈辱，站在那间凶险的屋子的门口，正是在这间屋子里，我蒙受了最深最深的伤害，这个时候我再次瞅了他②一眼。我心想："你马上就要被卖给那些富有高贵的人家，就为了几个子儿，跟我一样！"

我无比悲愤地将门朝他和他的主人伯纳多砰地一摔，伯纳多正全神贯注于他的得意之作，已经不再注意到我，而我，正是由于他，才蒙受了那么深重的苦难。

---

① 玛多娜，即圣母玛利亚。
② 指画上的耶稣。

第二十一章

我宁可不再去回忆发生在圣克洛斯的那件事，宁可把它给忘掉，可我又禁不住要想起它。穿衣服的时候，我无意中看见散乱放着的一些草图，上面画着稀奇古怪的鬼怪——从来没见过，也根本不存在。它们介于人兽之间，女的生毛的细长指头间长着蝙蝠翅膀，男的生就蜥蜴的脸和腿，身体却像蟾蜍；空中飞的呢，如同长着残忍的鹰脸的恶魔，伸开的不是手而是利爪，那些既不像男人也不像女人的生灵，却与海妖极为相似，生着缠缠绕绕的触须和冰凉而恶毒的人类的眼睛。

我被那些可怕的妖魔鬼怪吓坏了，直到现在都还摆脱不掉它们；我依然看见它们就在眼前。他的思想怎能专注于这等东西？他为何要想出这等令人厌恶的鬼怪形状？他为何要去想它们？一定有什么原因促使他这样做，尽管它们并非真实存在。他一定感觉到需要它们，尽管它们纯属子虚乌有。也可能恰恰就是因为这样，他才需要它们？我弄不明白。

他究竟是个什么东西？这个制造出这种魑魅魍魉的人？这个爱好恐怖贪求惊吓的人？

乍看上去，他那张傲气十足的脸确实既敏锐又高贵，很难相信就是他创造出了那些令人作呕的形象。可是就是如此。这件事大大地滋养了我的头脑。如同他创造出的所有其他形象一样，那些讨厌的玩意儿必然隐藏在他的心灵深处。

我还得回想一下他画我时的那副嘴脸，它是如何变换成了另外一个人，那双眼睛锐利得可怕，冰凉而邪恶，整副面孔变得极为残忍，看上去如同妖魔。

他与自己想表现出的那副模样不一样，与别的人也不一样。

真不可思议，同样还是这个人，却画了基督，那么纯洁，形象那么美妙地坐在他的爱餐的餐桌旁。

第二十二章

今天晚上安吉莉卡从大厅走过，她走过时大王叫住她，要她坐下来绣花。她有点不大情愿，但又不敢表示出来。她总是躲开宫廷生活，不适应也不想摆出公主的架势招摇过市。可是谁知道她是不是大王的女儿呢？也许是个私生女也难说。

伯纳多对此一无所知。他瞧着她，她坐在那里，双眼低垂，小嘴傻乎乎地张开，他再三瞧她，好像她有什么不同寻常。当然在他看来，一切事物都有其独特之处，比如像我这样奇形怪状的人，或者一块稀奇古怪的石头，那种石头是如此稀罕，他碰上就会捡起来欣赏一番。他一直一言不发，似乎有所触动，虽然她只是坐在那里，连一个字都没说，非常局促不安的模样。突然中断的谈话很让人尴尬。

我不明白是什么打动了他。也许他可怜她长得不漂亮；他是位美色鉴赏家，深知其重要性。或许这就是为什么他的凝视变得如此沉思而温情。我不知道，也无所谓知不知道。

小姑娘自然想尽快离开。她一分钟也没超过自己该待的时间，就问大王是否可以走了。得到许可之后，她羞羞答答地站起来，像平常那样很不好意思地走开去，她的动作依旧孩子气十足。很奇怪，她怎么这么没有风度。

像平日一样，她穿得简单而朴实，甚至与他人没有两样。她毫不在乎自己的打扮，对其他人的穿着也不介意。

第二十三章

大师伯纳多整天忙于自己的工作，忙忙这件又忙忙那件，不断开头，但从未完成过。为什么呢？他本应该专心致志于那顿"最后的晚餐"，以便有朝一日将它画完。可是他却并不这样。他一定是对它感到厌倦了。他又开始为王妃画像。

她自己并不愿意被画下来，可这是大王的旨意。我太了解她这个人啦！一个人可以照照镜子，但是照过之后却不希望自己的映象留下来，免得哪天被人家占去。我完全明白这一点，像我一样，她也不希望被人描画。

没人拥有自己！多么可恶的念头！没人拥有自己！因此一切的一切都归别人所有！难道我们连自己的脸都不能拥有吗？它们属于那些高兴起来就瞧瞧它们的人？那么身体呢？身体也可以为别人所有？这种想法简直太让人恶心了。

我，唯有我，是我那一份的唯一拥有者。谁也别想拿走它，谁也别想侵犯它。它属于我，而不是别的谁。在我死后我还要继续拥有我自己。谁也别想来拨弄我的肚肠，虽然它们不会像那个无赖弗朗西斯科的肠子那么臭，但我还是不愿让陌生人看见它们。

伯纳多对什么事情都想插上一手，都想问个究竟，对此我深为反感。这样做有什么意思？能达到什么目的？一想到在他的占有物当中有幅画画的竟然是我，一想到他就用那种方式占有我，我就直想呕吐。好像我已不再是我自己的唯一拥有者，好像我也待在圣克洛斯那边，跟他那群让人恶心的妖魔鬼怪待在一块。

　　她也要被画下来啦！为什么她就不该像我一样蒙受羞辱？想到她也将赤身裸体于他那毫无廉耻的目光之下，想到这回要轮到她来忍受他的伤害，我心里就高兴。

　　可是那个婊子能给他带来什么乐趣呢？我比任何人都更了解她，从来没在她身上发现过什么乐趣。

　　我们等着瞧瞧他将画出什么东西来。不过这事又关我屁事。我并不认为他对人性能作出什么判断。

第二十四章

　　伯纳多大师让我吃了一惊。他是如此让我吃惊，我为此辗转难眠，彻夜思索。

　　昨天夜晚他俩如往常一样又开始高谈阔论。不过可以看得出来，他有点黯然神伤。他用手捋着自己那一大把胡须，陷入沉思，考虑的显然是一些让他不快的问题。等到开口说话，他显得兴奋而激动，这种兴奋从外表不易察觉，但似带几分悔意。他有点不像他自己了；听听他是怎么说的吧。

　　他说："人类的思考到头来总是毫无结果。思想的翅膀很结实，可是却不如落到我们头上的命运强壮，命运不会让我们远走高飞，不会让我们飞离它所划定的范围。我们的旅程早已命定，经过一番充满欣悦和期望的短暂折腾之后，又被拉回原来的位置，就像猎鹰被猎鹰者手中的绳索拉回来一样。我们何时才能拥有自由？那根绳索何时才会被扯断，让猎鹰飞向辽阔的天空？

　　"何时呢？会有这一天吗？难道我们生存的奥秘就在于永久与猎鹰者的手连在一起？如果这一切得到改变，那我们就将不再是人，我们的命运也将不再是人的命运。

"而我们又是如此被天空所诱惑，而且相信自己从属于它。它永远笼罩于我们上空，如此逼真地展示它自己，像我们的囚笼一样真实。"

他自问："我们为何永远无法拥有那无边无际的天空？既然我们是如此孤立无援，既然生活总是一成不变，并不因此而蒙受损失，那么环绕我们，环绕生命的那片辽阔又有什么意义？那片无垠又有什么用处？我们那点可怜的命运，那点狭隘的愁情，为何要被如此巨大的空虚所围困呢？难道它对我们的快活有益？好像并非如此吧。我们好像因此倒更不快活。"

我凑近看他，看他那双老眼里流露出来的阴郁和疲惫。

他接着往下说："我们是不是因为追求真理就更加快活呢？我不知道。我只是追求而已。我的一生都在不停地追求，有时候感到自己已经悟懂了，已经瞅见了它的纯净的天空——然而那片天空从未向我展示它自己，我的双眼从未真正见识到它的天边的空间，而没有那种见识，什么也别想真正明白。哪来这种恩赐啊。因此我的所有的努力皆属徒劳无益，因此我所做的一切都只能似是而非，无功而返。想到我的那些作品，我的心就发疼，它们将得到所有人的尊敬——尽管从来就未曾完成。我所创造的一切都不完美，都未完成。我所留下的一切都还有待加工。

"可是这又有什么奇怪呢？这是人类的命运，是所有人类努力和所有人类业绩都逃脱不了的结局。也许它只不过是一种尝试，一种注定无法成功的尝试，一种并非为了成功而作出的尝试？一切人类文明都只是对无法企及的事情所作的尝试，那些事情远远超出我们现实能力的范围。它立在那儿，残缺不全，像一件未完成的雕像一样富于悲剧美。莫非人类灵魂本身就是一件未完成的雕像？

"翅膀伸展不开又有什么用处？它们与其说是翅膀不如说是累赘。它们让人下坠，还需要人去照料，最终惹人嫌弃。

"等到猎鹰者玩腻了自己那套残忍的把戏，往我们的脑袋瓜兜上头罩，这时我们就用不着再去看任何东西，因而大大地松了一口气。"

他坐着，神色黯然，嘴因痛苦而扭曲，眼里闪着阴郁的光。老实告诉你吧，我吃了一惊。难道这就是不久之前还为了人类不可估量的潜力而欣喜若狂的那个人？这就是宣称人类如何如何有力量，人类应当如何像君王一般统治自己的王国，把自己描绘成等同于诸神的那个人？

我不了解他。我什么都不了解。

大王坐着，听着，被那位大师的一席话所深深吸引，尽管那席话跟他先前听过的是如此大不相同。他似乎深有同感。你不得不承认他这人非常好学。

可是这些想法有什么内在联系呢？怎能将如此自相矛盾的说法结合起来，以同样深刻而自信的口吻予以表达？我这人执着不变，始终如一，发现那样做实在不可思议。

我彻夜睁着双眼，试图把事情弄个明白，可是枉费心机。事情超出了我的理解范围。

忽而为自己荣幸成为人类一分子而欢喜不已，忽而又感到那么绝望，徒劳，万念俱灰。

那么，接下去又会怎样？

第二十五章

他不再画王妃的那幅画像。他说他无法再画下去，她身上有某种连他自己也说不清道不明的东西。

于是乎如同那幅《最后的晚餐》，如同他所画的每一幅画，它也将未被完成。

一次我偶然在大王的房间里看见了它。我看不出它哪点画得不好。我觉得他画得堪称绝妙。他画得恰如其人，像一位徐娘半老的婊子。真像她，像到了极点。眼皮耷拉的淫荡的脸，贪图享乐的假假的笑，全像死了她。他把她的魂儿画进去了，真是活灵活现。

看来他对人性还是有所了解的嘛。

还少点什么呢？他认为还少了点什么。可是是什么呢？一点缺少了她就不成其为她的东西，一点本质的东西？那有可能是什么东西呢？我真不明白。

可是他既然那样说，这幅画肯定也就尚未完成。他说过他所做的一切都没有完成，他所做的一切都不过是对无法确知的事情的尝试。一切人类文明都只不过是某种尝试，某种无法成功的尝试。因此一切皆属徒劳。

当然如此啦，假若生命并非徒劳，那会是怎样一番景象呢？徒劳是生命赖以存活的基础。它还能有什么其他永不动摇的基础？一种伟大的想法会被另一种伟大的想法所削弱，而后终被推翻。而徒劳呢，却是难以企及，无法毁灭，不可动摇，它是真正的基础。这就是它被筛选出来的原因。要经历何等痛苦的思索，才能悟懂这么个道理！

我是靠直觉悟懂的。我天生具有这方面的感悟能力。

第二十六章

　　宫里发生了什么事，但究竟是什么事我不知道。我在空气中嗅到了一种不安——但究竟是什么我确实弄不明白。其实什么也没有发生，但是让人感到似乎发生了什么。

　　表面上平安无事。宫里的生活甚至比以往更加平静，因为客人变得稀少，也没有操办什么吃喝玩乐的礼仪，而往年每到这个时节都会这样做。可是不知道为什么，这样却反而让人感到某种非同寻常的事情正在来临。

　　我忠于职守，密切注视事态的发展，可是并没有什么可以注意的。城里也不见有异常的动静。一切都仍如往常。可是确实发生了什么事！我敢担保。

　　我必须有耐性才行，后事如何我拭目以待。

　　宫廷卫队长博卡洛萨已经走了，杰拉尔蒂宫又变得空无一人。谁也不知道他的去处，只好像大地吞没了他。他很可能跟大王吵了一架。好多人都觉得奇怪，像大王这么有教养的人，怎么能与一个如此粗鄙的家伙结为至交呢。对此我却不敢苟同。博卡洛萨自然是个粗人，大王当然是举止文雅，富于涵养，可是大王的脉管里流动的也是宫廷卫士的血，只是人们多半把这事给忘了而已。不久以前，他们还都是卫士，就几代人以前。几代人算得了什么？

我并不认为他们彼此理解有多难。

什么也未发生，可是气氛依然紧张。我能够感觉得出来，在这种事情上我从来没错过。宫里马上就要发生什么事情。

大王几乎忙得不可开交。忙些什么呢？他会见众多来访的客人，关起门来进行密谈。至于谈些什么，谁也无法知晓。他们会谈些什么呢？

大臣们裹得严严实实秘密来访，有时候被允许深更半夜进宫。人们穿梭来往，行色匆匆，各色各样的人都有，总督、议员、司令官、古老部落的酋长——那些勇猛好战的部落曾一度被大王的祖先所征服。王宫里顿时变得热闹起来。

梅斯特罗·伯纳多则似乎无所事事。此时簇拥在大王周围的全是另外一类人。如今这位老夫子看起来似乎已无足轻重，至少不再像以前那么得宠。

对此我深感快慰。他在宫里也太春风得意了一点。

第二十七章

我预感将要发生不同寻常的事情，这种预感果然没错，事态正是如此。

种种无法忽略的迹象都表明了这一点。星相术士被大王召来闭门密谈，包括宫廷星相家尼古狄穆斯和另一个在宫里飞扬跋扈的灰胡子的家伙。这是一个确凿无疑的信号。大王还与美第奇①家族的特使、威尼斯②共和国的代表，甚至还有代表罗马教廷③的总主教数度密商。所有这一切，以及在过去数天观察到的一系列迹象，都只能有一个解释。

他们肯定在策划一场战争。

占星术士被召来，看看星相是否有利于这样一场战争，因为明智的君王决不会忽视诸如此类的基本征兆。那些可怜虫本来是伯

---

① 美第奇：15—18 世纪意大利佛罗伦萨的大家族。该家族先后出过三位教皇。
② 威尼斯：意大利东北部城市，濒临亚得里亚海，因市区建于潟湖一百多个小岛上，用近四百座桥梁相连，故有"水城"之称。公元 6 世纪兴建，曾经建立城市共和国。
③ 罗马教廷：天主教会的中央管理机构，由罗马教皇主持。从古代罗马主教府发展而来。3 世纪时罗马主教声称在普世教会中享有首席权威，以后又声称有权管辖其他教会，遂逐渐确立了教皇至高无上的地位。教皇权力于 12 世纪至 13 世纪期间达至鼎盛。

纳多同意留下来的。伯纳多也相信星星的力量，但是观点却不尽相同，被那些人认为是异端邪说。而大王现在却觉得还是相信正统的占星术士较为稳妥。于是他们为自己忽然变得重要起来而欢喜不已。与各地使节举行会谈是为了得到援助，或者至少得到各个国家的良好祝福。

我倒是觉得，圣父①对这些谋略的态度才是至关重要。没有上帝佑护，人类的所有计划全会泡汤。

但愿他已赐福于此事。我渴望着大战再起的那一天早日到来！

---

① 圣父即教皇，原先是对各地主教的尊称，后来渐渐演变为专指罗马主教。两个词的英文首字母通常大写，以区别于其他主教。

第二十八章

马上就要打仗啦！我的鼻子在这种事情上最为灵敏，到处都嗅到了战争的气息，在那份紧张里，在那种神秘中，在那些脸庞上——在我们呼吸的空气中，都能感觉到我似曾相识的某种诱人的东西。在熬过了这么一段无事可做，因为无休无止的闲聊而倍感漫漫无期的沉闷时光之后，我们总算又开始生活啦。人们总算又有点事情可做啦。

实际上人人都想打仗。这很简单，因为生活需要调剂。每个人都觉得活着真累，又不得不这样活着。其实生活本身一点都不复杂；恰恰相反，简单才是其显著特征，但是他们永远也甭想明白。他们意识不到，最佳状态是自然状态；他们从不让它安宁，总也忍不住为了一些莫名其妙的目的做这做那，而且居然还都认为活着是多么美好！

大王终于从麻木中醒悟过来。他的脸上充满了力量，胡须翘起，面颊苍白而消瘦，敏锐的目光彻夜闪亮，如同捕食的鸟儿监视着自己的领地。他要捕食的一定是他最喜欢的猎物，他的家族的那个宿敌。

今天我看见他匆匆奔上王宫的台阶，卫队长紧随其后。我估计他们刚刚检阅部队回来。在大厅里他把斗篷扔给仆人，身着猩红色的装束站在那儿，像剑一样灵巧而有力，嘴上挂着得意的微笑。他仿佛刚刚抛掉了伪装，仪表堂堂，丰采照人，活脱一个生龙活虎的大男人。

而我清楚他本来就是这样的人。

第二十九章

占星术士们宣称，此时征战真是再好不过了，再也别想找到更好的时机。他们查看了大王的天宫图①，发现他的星座是狮子座②。这并不是什么新鲜事；自他出生起就已广为人知，说是这种星相的人对生存环境具有丰富的想象力，对于君王可谓吉星高照，老白姓则可能感到惊奇和不安。这就是他被叫作莱昂尼③的缘故。火星④现在与狮子座已经并列在一起，战神那颗红星很快就要接近大王自己的星座。有关大王命运的其他天体朕兆也都十分吉利，因此这场战争必将以皆大欢喜而告终。倘若错过如此千载难逢的良机，那将是不可饶恕的罪行。

我对这帮人的预言并不感到惊讶，他们总是依大王的愿望行事，特别是他父亲在位时，曾经有位星相家不停地唠叨说，一种灾难正威胁着王朝。他经过周密计算，认为一颗拖着血与火的灾星已

---

① 天宫图：占星术士用来给人算命而制作的星座分布图。
② 狮子座：十二星座之一。在巨蟹座之东，室女座之西。
③ 莱昂尼：意大利语"狮子"的谐音。
④ 火星：太阳系中接近太阳的第四颗行星，颜色发红。在罗马神话中被称为战神玛尔斯。

经出现于天空，就如同这个家族的创建者正双手沾满鲜血往王位上爬。结果预言并没有变作现实，一直未被验证。

是的，我并不感到惊奇，而且这一次，我还感到宽慰呢。他们确实精于此道，而且终于派上了用场，因为对大王、广大官兵还有所有的百姓来说，确信星相于他们的战斗计划有利，这一点是至关紧要的。星星表态了，人人都对它们表的态感到满意。

我与星星素无往来，但是那些人有。

第三十章

梅斯特罗·伯纳多再次让我大吃一惊。昨天晚上大王和他久久密谈，像以往常见的那样，坐下来一谈就谈到深夜。此事表明这位哲人①并未失宠，他的头脑也并未远离当今这个激荡不宁的世界。根本就不是这么回事。我完全错了。

虽然没有任何人能像我这样看透他人的内心，剥下他人的面具，可是我居然会犯这样的错误，这着实让我烦恼。

我被叫过去如往常一样侍奉一旁，为他们斟酒，他们正俯身于一些很神秘的图画上面，我一时看不懂上面画的是何种玩意儿。后来我看得清楚了一些，又听他们在谈话的过程中作了一番解释。它们代表着一种最最可怕的战争工具，试图把死亡和恐惧撒向敌人；战车将敌兵成片成片地扫翻在地，上面装着长长的巨铲，因此敌军阵地将尸横遍野，为残腿断臂所覆盖，另一些带轮的可怕机械将由快马拖拉，直捣敌营正中央。没有任何东西，哪怕是最最无畏的勇气，能够抵挡住这些由车上射手掩护前进的战车。根据他的描述，

---

① 指伯纳多。

这些战车足可摧毁最坚固的防线，在此之后步兵即可全线压上，各显神通。

居然还有如此骇人听闻的杀人机器，天哪，我本来就对战争一窍不通，对这等事情更是无法明白。迫击炮、卡尔弗林炮①和弗尔克耐炮②射出火、石头和炮弹，将士兵们一个个炸得粉身碎骨，身首异处，而这些东西竟然被如此清晰、如此逼真地描画出来，好像它们的形象跟其他东西一样可爱。他还绘声绘色地仔细讲解由这些杀人工具造成的灾难性后果，讲解它们将导致的惨绝人寰的浩劫，讲得那么平静而细致，就仿佛是在讲述他感兴趣的其他什么事一般。可以肯定他想瞧瞧他的这些机器在实战过程中的表现如何，这倒是很符合逻辑，因为它们是如此神奇，况且还是他自己的发明。

梅斯特罗·伯纳多在发明这些玩意的时候，同时也在从事其他活动，他玩味那些不同寻常的石头，掰开花蕾往里面瞅瞅，从事对自然的研究；还要细看弗朗西斯科的死尸，记得他对大王说过，它是自然界最神奇的杰作之一；还有圣克洛斯他那幅《最后的晚餐》，形象美好的基督与众门徒一道共进爱餐，叛徒犹大缩在远处的角落里。

他对所有的事情都显示出勃勃兴致，因此自然也会着迷于这些奇异的机械装置。大概人体算是最最精巧的结构吧，尽管我倒是看不出来有哪点儿精巧。而这件仪器可是他独自发明的噢。

奇怪的是，大王对这些可怕的机械装置却提不起兴致，在我看

---

① 16—17 世纪时欧洲常用的一种重炮。
② 一种小炮，使用年代与卡尔弗林炮大致相同。

来，它们太有用处了，往那儿一放，就足可把敌人吓得屁滚尿流，逃之夭夭。他宁可它们不那么毛骨悚然，但要更加灵验。他认为最可怕的玩意儿还是留待以后再说，现在需要的是马上能投入使用的东西。攀爬要塞的铁爪锚；往棱堡下面挖坑布雷，然后引爆的办法；对石弩和其他一些敌人闻所未闻的大炮的改进——显然所有这些事项都被提到过，而且还作了一定的探讨。

所有让人留下深刻印象的这一切——层出不穷的灵感，花样翻新的发明——都使大王钦佩不已，他对这位大师的天才深为赞赏。他从未把自己的机智和想象力表现得如此淋漓尽致！他们整晚沉浸于令人心醉神迷的幻想王国当中，像以前最有收益的那些密谈一样，迫不及待地交换彼此的看法。我很快活地听他们说话，连我都感到欢喜不已，无比敬佩。

现在我可总算明白了，为什么大王要把伯纳多大师召来，为什么大王在他逗留期间把他待若上宾，对他如此推崇和器重。我理解大王对伯纳多的学问为何表现出如此浓厚的兴趣，因为他对自然的研究，他那些有用和无用的不可思议的见识，他对于艺术的奇妙的见解，他在圣克洛斯绘制的那幅《最后的晚餐》，以及这个博学的人所从事的所有其他活动，大王都想了解。我完全理解！

他是一位伟大的君王！

第三十一章

昨晚我做了一个吓人的梦。我梦见梅斯特罗·伯纳多站在一座高高的山上，浓眉皓发，身材魁伟，显得仪表堂堂，但在他头顶四周却见妖魔匆匆来往，都拍打着蝙蝠的翅翼，那种种怪诞的形状跟我在圣克洛斯见到的那些图画如出一辙。它们如同小妖怪在他头上扇着翅膀，好像他是它们的头儿。那些小妖怪的鬼脸状如蟾蜍和蜥蜴，但他的脸依然沉郁、庄重而高贵，看起来跟往日并无两样。后来，他的身体渐渐变形，变得皱缩而扭曲，抽出了皱巴巴的翅膀，又伸出细瘦多毛的腿，就跟一只蝙蝠一样。脸孔倒是仍旧如以往一般庄重，但他开始鼓扇双翅，忽然间腾空而起，跟那群令人厌恶的生物一道窜进茫茫黑夜。

我并不在乎梦；它们毫无意义，纯属荒谬。现实才是唯一让人担心的。

他显然是个奇人；很久以前我就得出了这个结论。

第三十二章

博卡洛萨已经率领四千人越过边界！已经深入敌境四里格① 之遥！面对突袭，伊尔·托罗显得措手不及！

这就是今天如同晴天霹雳迅速传遍全城的惊人消息！这就是今天让所有人的脑瓜轰然作响的空前事件！

了不起的卫队长以极其隐秘的方式将雇佣军集结于西南边境险峻难达的山区地带，十分精明地组织了这次成功的偷袭。出乎所有人的意料，连我们自己都没有料到。唯有大王，这次巧妙偷袭的策划者，对此了如指掌！简直不可思议！不可置信！

蒙坦扎的末日总算到来啦，那个据说遭到海内外人民切齿痛恨的可恶的罗多维柯，终究要被拧断牛脖子，结束他那无耻部落的神话。

他完全受骗了，这个狡猾的无赖！他当然猜到大王准备进攻他，可是看到并无大军集结，就放松了警惕。他压根儿就没想到，会从根本无法逾越的那片地带，会从他根本未构筑要塞的那个方向

---

① 里格：长度名。一里格约为三英里（约 4.8 千米）。

遭到进攻！这就是伊尔·托罗的末日！跟他算总账的日子到来啦！

城里的气氛无法形容。人们激动地聚集在街道上，议论纷纷，不时用手势来加强语气；或者一言不发地站在路旁，目送部队开赴前方。大王自己的部队正在集结，谁也不知道他们是从哪儿冒出来的，好像呼啦一下就从地里钻了出来。可以看得出来所有的一切都经过了精心而周密的策划。钟声齐鸣，教堂里人头攒动，教士们为这场战争虔诚祈祷，显然此次大战得到了教会的祝福。能不这样吗？这将是一场辉煌的战争！

人人兴高采烈。在王宫里，人们尽情地表达对大王的敬仰和热爱。

第三十三章

　　我们自己的军队开赴另一个战区。他们将越过边界抵达宽阔河谷的东岸，那是自古以来的进攻路线。只需要走一天的路，他们就可以在那片平缓的地方，在那片适合短兵相接，泥土被光荣的鲜血所浸透的平地上，与卫队长的部队会师。这就是这场战争的计划啊！我总算想明白啦！

　　我并不知道这就是计划，只是把东一点西一点看到的情况拼凑起来，于是就得出了这个结论。我忙于把所有的事情都弄个明白，紧紧跟上形势的发展，从锁孔里偷听，藏在橱柜里和窗帘后面窃听，尽可能把一系列即将发生的大事都弄个明白。

　　好一个进攻计划！不马到成功才怪呢。那一带的边界筑有碉堡，但它们将全被夷平。敌兵有可能因为知道抵抗毫无希望，于是就缴械投降。也有可能被攻占。反正甭想阻止住我军。既然首轮攻势就如此出乎意料，就把他们打得落花流水，那么还会有什么东西能阻挡住我们呢。

　　而大王——好一位统帅！好一只狡狐！多么英明，多么富于远见！整场战争的构想又是多么气势恢宏！

做这样一位君王的侏儒，我感到骄傲。

　　我只想一件事：怎样才能参战？我必须参战。可是怎样才能做到？我的梦想怎样才能实现？我没有受过军训，没有作为军官，甚至作为普通一兵所必须具备的常识，可是我能扛枪！能像男子汉一样舞剑！我的剑跟任何人的剑一般锋利！也许没有那么长，可是短剑照样能杀人！敌人马上就会明白这一点！

　　持续不断的担忧，害怕被撇下来跟一大帮妇女儿童待在一起，害怕在战斗进行之际却无法跃马杀敌，这一切让我心焦如焚。最血腥的杀戮也许此刻刚刚开始。

　　我好喜欢血啊！

第三十四章

我要跟他们一块去啦！我要跟他们一块去啦！

今天上午我鼓足勇气向大王吐露了自己的心事，向他表达了自己意欲参加战斗的强烈愿望。我的请求是如此感人，显然给他留下了深刻印象。好在我又特别走运，去得正是时候，赶上他心情格外舒畅。他用手捋了捋自己的鬈发，这是他心里快活时的习惯性动作，那双熠熠闪亮的黑眼睛注视着我。

我当然可以去打仗，他说。他要亲自去，自然要把我带上。哪位君王离得开自己的侏儒？谁来为他斟酒呢？他又补上一句，朝我露出笑脸。

我要跟他们一块去喽！我要跟他们一块去喽！

第三十五章

现在我在一座帐篷里，帐篷搭在一座山冈上，周围有几株松树，从这里可以很清楚地俯瞰下面平地上的敌人。帐篷涂上了大王的色彩标志，饰以红黄相间的条纹，发出的响声如同嘹亮的军号，格外激动人心。我跟大王一样，一身戎装，戴着头盔和胸铠，短剑佩着银色的饰带悬挂腰间。

这时已近黄昏，只有我孤零零一个人。可以听见军官们布置次日攻势的声音，远处还传来士兵们节奏明快的欢歌。我可以望见山冈下面伊尔·托罗的黑白相间的帐篷，还有帐篷周围的人儿，他们看上去那么小，似乎根本就无关紧要。远处左侧是卸下武器的骑士，上身的衣服脱了个精光，正牵着自己的战马在河边饮水。

我们在战场上打了一个多星期，这段时间里捷报频频传来。战争的进程与我的预测不谋而合。我们先用伯纳多大师发明的卡尔弗林炮猛轰边境上的敌堡，然后一举将它们攻占；震耳欲聋的炮火非常有效，守军吓破了胆，纷纷缴枪投降。伊尔·托罗从牵制博卡洛萨兵团的部队中抽调有限的兵员前来抵抗，与我军展开了数场小规模激战。尽管如此，双方力量对比过于悬殊，胜利永远属于我们。

与此同时，博卡洛萨的大军横扫敌人的残兵败将，已经推进到低地一带，一路上烧杀掳掠，朝北进发，以期与我军会合。这一盼望已久的重要时刻已于昨天中午到来，此刻我们一同站在位于低地和群山之间的斜坡上，两军相加共计一万五千余人，其中有两千名骑兵。

大王和卫队长会面时我在场。这是一个历史性的时刻，永远难以忘怀。大王在这段日子里重振雄风，深得广大官兵的爱戴，他身着闪闪发亮的军装，胸戴铠甲，腰佩银剑，被众首领簇拥着，头盔上那撮红黄相间的羽毛在风中飘动，仿佛在向他那全副武装、战功卓著的兄弟致以敬意。有一阵子，他那苍白而高贵的脸上略略显出一丝血色，薄薄的嘴唇弯出些许坦率而友善的微笑。如同他的所有表情一样，这种微笑也显得矜持而审慎。

站在他对面的就是博卡洛萨，虎背熊腰，浑身是劲，那副身架在我看来，简直就如同巨人。我有一种奇怪的感觉，好像以前从未见过此人。他一路冲杀着直奔而来，身上披戴的铁甲不像大王的那么花哨，唯一的饰物是胸铠上的一只青铜兽头，那是一头愤怒的雄狮，大张的血口伸出巨舌。他的头盔上没有羽毛，也没有任何装饰，但配他那颗脑袋再合适不过，那是一颗我所见到过的最最吓人的脑袋。光是那个麻点斑斑的胖下巴就足可把人吓个半死，黑里透红的厚嘴唇抿出一只似乎无法张开的嘴，而潜藏在眼睛里的那种虎视眈眈的神情，只需流露出来就足可降服对手。他是一个令人生畏的怪人，但是比我所见过的任何人都更像一个男人。我必须承认，他给我留下的印象是如此深刻，我永远都忘却不了。

他揭示了什么东西——但究竟是什么我不知道。也许就是人类有所作为时的本性吧。我站着，用自己这双已经见识过风风雨雨的苍老的眼睛，用这双目睹过数千年人世沧桑的侏儒的眼睛，凝视着他，心醉而神迷。

他寡言少语，一句话也不说。说话的是其他的人。一次他对大王说的一句什么话微微一笑。我不清楚自己为什么说他微微一笑——可是假若这种表情出现在另外一张脸孔上，应该被称作笑吧。

我怀疑他就像我一样，不会笑。

他不像其他人那样长着光鲜的脸，不是那种奶臭未干的小孩，而是属于远古的种族，尽管不如我的种族古老。

大王站在他旁边似乎略有逊色，我承认这一点，尽管我对我的主人无比敬佩，尽管我经常这样强调，尤其是在近来一段日子里。

我真希望看见他格斗的样子。

次日凌晨决战就要打响。大家都知道，两军一旦会合，就应当迅速发起攻击，不让罗多维柯有机会喘息，不让他再去纠集那些残兵败将，而他现在正可以这样做。我向大王指出这一点，可他却回答说，战士们先得休息休息，而且，应当对敌手表现出骑士风度，在发起如此重大的攻击行动之前，给对方时间列阵迎敌。我对这种战略是否明智和妥当表示了疑虑。

他答曰："不管是否明智，我是位骑士，就必须这样做。而你不必。"

我摇摇头。这个怪人的禀性不可捉摸。我暗想不知博卡洛萨对此会有何感想。

毫无疑问，伊尔·托罗已经大大地喘了一口气。我们从这儿望下去，整天都能看得见。他甚至又得以调来了援军。

　　但我们将大获全胜，这一点自不待言。而且如果他把兵力全都纠集到这里，也自有其好处，因为这样我们就可以将他们一举全歼。敌人越是多，战果越辉煌。他应该明白自己终究要被击溃，因此还是少养点人为好。但是那个家伙太自负，而且像骡子一样冥顽不化。

　　如果以为他毫无威胁，那可就错了。这人精明过人，手段残忍，堪称一位优秀的将帅。若不是被打了个措手不及，他还真是位可怕的对手呢。我军奇袭的重大意义变得越来越明显，毫无疑问，在这整场战争中，人们对此都难以忘怀。

　　我对次日的进攻计划了如指掌。我们的——也就是说，大王的——部队将攻击敌军中央部分，而博卡洛萨的部队则进攻敌军左翼。我们将开辟不是一条而是两条战线，这很自然嘛，因为我们布置了两支大军。而敌军仅有一支部队，不得不两线应战，他显然要遭遇许多被我军避开的麻烦。结果当然不言而喻，但我军也要准备付出一些牺牲。我认为此战必定死伤惨重，血流成河，可是要胜利，就会有牺牲，又有哪项事业不付出牺牲就能获得成功的呢。这场恶战是如此至关重要，它的结局很可能会决定整场战争未来的走向。既然情况如此，哪怕蒙受重大牺牲也理应在所不惜。

　　一度于我深不可测的战争奥秘，愈来愈勾起我的兴趣。这种浮沉不定变幻无常的生活，深深地吸引了我。多么神奇啊！一旦你投入战争，就会感到身心自由。我从未体味过如此美妙的感觉，呼吸如此顺畅，行动如此自如，身体好似空气一样轻。

我这一生还从来没有这样快活过。我甚至觉得在此之前我从来就没有过快活。

明天！明天！

一想到那场恶战，我就像顽童一般欢喜。

我匆匆记下了几行字。

我们取得了胜利，辉煌的胜利！敌人狼狈逃窜，溃不成军，重新纠集残兵败将的企图归于失败。我军乘胜追击！通往迄今未被征服过的蒙坦扎都城的道路已经敞开。

一旦形势许可，我就会对这场激动人心的战斗做更详尽的描述。

事实比言辞更具说服力，我用剑换下了笔。

第三十六章

我终于有空写写啦。几天以来我们一直在战斗，战斗，前进，前进，根本不可能去想别的事情。晚上连搭帐篷的时间都没有，就身裹披风，头枕乱石，在葡萄园和橄榄树林里的空地上就地宿营。多么美好的生活！

不过现在平静一些了。大王说我们得休整休整，也许他是对的。即便不断地打胜仗，长途奔袭之后也还真让人感到累呢。

现在我们距离都城还不到一里格路，它已遥遥在望，烽火台、雉堞、塔尖和钟楼都清晰可辨，蒙坦扎古老的王城坐落在城中央，被一些矮小的房屋簇拥着，四周被高高的城墙所包围。一个彻头彻尾的强盗窝！我们听见教堂的钟声当当作响，大概是在哀求上帝来拯救他们。等着瞧吧，连上帝都来不及答复他们的祷告。

伊尔·托罗纠集残部，布置在我军和都城之间。他把能搜罗到的残兵败将全都集合起来，但这也没用，因为他实在是太残暴了。结果如何仍旧是不言而喻的。明智的首领应该意识到自己的绝望处境。他显然想拼死一搏，动用所有的力量以求摆脱厄运。这是他解救都城的最后一招。

纯属毫无希望的一招。蒙坦扎的命运早在一星期前一个历史性的早晨就已被确定。现在剩下的只是如何料理后事。

　　我将对这场无与伦比的伟大战斗进行翔实可信的描述。

　　战斗正如我所预料的那样，以我两路大军同时发起进攻打响。从斜坡望下去，真个是战况空前，蔚为壮观，给人以感官的享受。军乐齐鸣，帅旗飘扬，各色彩旗在色彩鲜艳、井然有序的队列上空迎风招展。随着银号声在曙色苍茫的原野上阵阵响起，大军如水银泻地扑向坡底。

　　敌军以密集而张皇的队形前来应战，武器精良的对手一交手便开始捉对厮杀。

　　一开始这就是一场血战。

　　双方互有伤亡。伤兵试图爬到旁侧，但立刻就被捅死或踩死，嚎叫声和呻吟声不绝于耳。战斗呈拉锯状，忽而我军占尽优势，忽而敌人又反守为攻。

　　博卡洛萨开始时假装与我们处于同一条线上，但他的部队渐渐就呈弧形展开，猛攻敌军侧翼。这一招着实厉害，敌人猝不及防，看起来就快招架不住了。

　　胜利近在眼前，至少在我看来是如此。好几个小时已经过去了，太阳高挂中天。

　　可是忽然间情势发生逆转。

　　距河最近的我军开始溃退。他们抵挡不住伊尔·托罗右翼的强大攻势，节节后退，只做出一些最愚笨最软弱的抵抗动作。那些人似乎毫无斗志，只是一味退却，只要保住老命就行。

我简直不敢相信自己的眼睛。我简直弄不明白那边到底是怎么回事，要知道我们在数量上占绝对优势，兵力是敌人的两倍。我感到血液在我周身沸腾，为他们莫名其妙的胆怯深感耻辱。我又叫又骂，不住跺脚，气急败坏地挥舞拳头，什么脏话臭话都骂将过去，真个是又急又恨，心焦如焚。

可这又有什么用？他们当然听不见我的叫骂，只是继续退却。我觉得自己都快发疯了。居然没有任何人去增援他们！居然没有任何人注意到他们的险境。他们真是太冤枉了！

突然我看见正坐镇中央的大王示意几支连队撤下来。他们成锐角开始朝河边运动，源源补充的兵力突破了敌军防线。一步一步地，那些人以锐不可当之势格杀前进，在一片震耳欲聋的吼叫声中杀到了河岸。他们切断了五百到七百名敌军的退路，那伙敌军因而被团团围住，只剩下死路一条。

我大喜过望。我怎么就没想到这条妙计呢！还以为那是胆怯。我的心儿怦怦直跳，心中充满了欢乐。在经过了这场可怕的虚惊之后，我体味到了放松的奇妙感觉。

随后便出现了戏剧性的场面。我军全线压上，迫使被围困之敌紧缩于正面防线和河岸之间。到后来敌兵是如此拥挤在一起，几乎动弹不得，于是我军开始全歼他们。

这简直就是一场血腥屠宰，类似的场景我从未见过，还不仅仅是屠宰呢，因为他们被驱赶进河里，纷纷如耗子一般被淹死。为了活命，他们在水中拼命挣扎，双臂拍打起如雪的水花，救命声不绝于耳，毫无军人风度。没有几个人会游泳，好像在此之前那伙人从未碰过水。那些爬回岸边的则立刻就被捅死，有的企图游向对岸，结果被湍急的河水所吞没。几乎没有几个人得以逃生。

我们的耻辱变成了辉煌的胜利！

接下来事态发展速度惊人。我中路军以排山倒海之势扑向敌人，紧接着发起攻击的是左翼。右翼呢，博卡洛萨的部队经过补充后如虎添翼，攻势甚猛。生龙活虎的大队骑兵手执长矛从山上呼啸而下加入战斗，伊尔·托罗的本来就精疲力竭、勉强招架的部队，顿时阵脚大乱。绝望抵抗的敌军立刻四下逃窜，我骑兵部队率先追击，追杀最后的残敌。大王决心不错过任何机会。他分出部分兵力，包括步兵和骑兵，驰往另一个方向，直入旁边的一道山谷，显然是想追上逃敌。群山遮住了他们，因此后来发生了什么事我们不得而知。他们消失于平地另一侧爬满葡萄青藤的山谷中，就在那片平地上，方才打完了一场恶仗。

这下子我们在营地里可忙坏啦。战马被套上四轮马车，各式各样的兵器和补给品，什么乱七八糟的东西都一股脑儿抛到车上；人人来去匆匆，战利品马上就要拉走。我坐在装运大王帐篷的双轮马车后面。随着一声令下，马车驶下山坡，来到战场上。

战场上一片凄凉，死人和伤兵挤作一团，几乎无法前行，只好从他们身上压过去。绝大多数都已经断气，但还有一些人不停地哀叫呻吟。我方的伤员求我们把他们带上，但这根本不可能，因为我们必须马不停蹄才能赶上大军。在战争中人的心肠会变硬，对一切都会视若无睹，我只是到了今天才明白这一点。

我看见尸堆里有几匹死马。我们从一匹死马身旁驶过，它的肚子被挑开了，肠子流了一地。这幕场景让我感到很不舒服，我觉得自己直想呕吐。我被一种莫名的感觉所攫住，令车夫快走快走；他抽了一个响鞭，我们辚辚而去。

真是好怪。我经常发现自己在某些方面敏感得出奇。有些东西我根本就无法忍受，那感觉就跟想到弗朗西斯科的大肠时一样。一些东西在别人看来不足为奇，可是却让我感到异常恶心。

这一天在慢慢结束。哪怕是这样的日子，也有到头的时候，正所谓世间没有不散的筵席。夕阳已迫近西方的群山，最后几缕光芒，洒向这片目睹过那么多的光荣、英勇和成功的土地。我坐在颠簸的马车上，回首眺望，苍茫的暮色正在来临。

景色已被夜色吞没，适才上演过的那血淋淋的一幕，已经成为历史。

第三十七章

我现在有充足的时间可供写作，因为大雨不止，整天瓢泼而下，仿佛苍天裂开了一道口子。我们完全被雨水所困。

这种事当然很让人心烦。营地里的东西样样都脏兮兮、黏糊糊，帐篷的过道积着齐膝深的泥浆，上面漂着马粪和人粪。无论你摸着什么，都是又脏又湿，真让人厌恶。跑到外面去吧，马上就把你浇成落汤鸡。帐篷顶一旦破漏，帐篷内就变成泥潭。所有这一切都让人烦闷，对部队士气极为不利。好不容易熬到夜晚，我们就盼着明日会放晴，可是一觉醒来，依然听见雨水浇在帆布上的哗哗响声。

我不明白落这场无休无止的雨是何道理。它妨碍了所有的作战行动，拖延了整场战争。正当我们就要摘取胜利果实之际，为何忽然大雨滂沱？

战士们个个心烦意乱，整天蒙头睡大觉或者玩掷骰子游戏，在这种情形之下，自然是不会有什么尚武精神的。我们可以肯定，在这段时间里，伊尔·托罗大大补充了自己的兵力，而我军实力却并未增强。我不仅为此感到担忧，而且颇为恼火。

没有什么东西比下雨更打击部队士气的了。征战的那份热情全被浇灭，战争的魅力荡然无存，而荣耀与刺激是战争的组成部分。力量与光荣分道扬镳。于是战争成了另一幅图景，仿佛是一场彻夜狂欢。

打仗不是请客吃饭，而是人命关天的事。它是死亡、崩溃、毁灭。它不是彼此谦恭有礼的生活，也不是对手情愿甘拜下风的比武。你得培养自己忍受艰难，忍受困苦，忍受种种磨难。这绝对必要。

假若这种绝望情绪蔓延到全军，那可极具危险性。在夺取最后胜利之前，尚有许多艰巨的任务等待我们去完成。敌人虽然败局已定，但尚未就范。而且得承认，在河边被击溃之后，他组织了巧妙的退却，因此得以逃脱了我军的追捕。而现在呢，正如我先前指出过的，他肯定又纠集了新的兵力。我们得拿出全部战斗精神来，才能歼灭他。

不过大王一点也不沮丧。他是那种酷爱任何形式的战争的人。他平静而自信，显得精力充沛，始终保持着那份安详，充满了勇气和对胜利的绝对信心。好一个出类拔萃的斗士！在这方面他和我倒是十分相似。

我对他只有一点不满，为此我不能原谅他，而且时常对他满怀怨恨。那就是他拒绝让我参加战斗。

我无法明白他为何拒绝我的请求，为何阻止我！每次战斗打响之前，我都恳求他，乞求他，有一次甚至双膝跪地，抱住他的腿苦苦哀求，涕泪都弄湿了他的双腿。

可他总是装出没有听见的样子，或者只是微微一笑，说些什么我真可爱啊我会出事啊之类的话。出事！我正求之不得呢！他根本就不明白这对于我意味着什么，他根本就不明白我的内心是多么渴望战斗，比他的哪个战士都更渴望，这份渴望比他的哪个战士都要深，都要强。

战争于我并非游戏，而是残酷的现实。我要战斗！我要杀人！不是为了荣耀，而是就想这么干！我要看人倒下，看我周围尸骸累累，万物俱焚。他对我一无所知！

他就让我为他斟酒，伺候他，不许我离开帐篷一步，去加入我爱之若渴的格斗。别人在实现萦绕于我心头的梦想，而我却只能站着，看着，永远也甭想有所作为。这是多么令人难以忍受的耻辱！为什么，我还没有杀死过一个人，一个人都没有杀死过啊！他没意识到他给我造成了多么巨大的痛苦。

我说我真快活，其实并非完全如此。

除了大王，其他的一些人也注意到了我的参战欲望，只是他们不像他那样清楚我有多么认真，那份欲望扎在我心里有多么深。他们只是看见我身披战袍，腰挂短剑走来走去，觉得颇为好奇。至于他们对我怎么想，对我参战的欲望怎么想，那都无关紧要。

当然，我在这里有许多熟人，有常年出入宫廷的朝臣命官，有数世纪来战功卓著的武将后裔，还有因社会地位而声名显赫的王公贵族。我认识所有的高级将领，当然，他们也认识我。大王和他们都是名副其实的首领，你不得不承认，他周围有一批能征善战的出色将领。

堂·里卡多在这次战争中的表现让我气愤。他有意在大王面前自我吹嘘，一副趾高气扬的样子，满肚子愚蠢的笑话，逗得他的同伴哈哈大笑。他那张红扑扑的村夫脸孔尤其粗鄙，看上去格外愚昧，因为整天哈哈大笑，时时露出白白的大牙。他后仰脑袋扯抟黑胡子的动作特别俗不可耐。我实在不明白，大王怎能把这种人留在身边。

我更不明白的是，王妃怎么会认为这个土包子有魅力呢，不管他是什么出身，他就是土。当然啰，这种事关我屁事，何况我也不感兴趣。

他们说他勇敢，我真不明白这从何说起。他跟所有的人一样参加了河边的格斗，但我不相信他会有哪点与众不同。我压根儿就没见着他的人影儿。他大概向别人吹嘘说自己是多么勇敢，而他只要一张嘴那些人就信以为真，于是他当然也就赢得了旁人的钦佩。我才不会相信他哪来什么勇气。他整个一个俗不可耐的牛皮大王——就是这么个东西！

他是英雄？你光这么想想就会觉得好笑！

对，勇敢的是大王。他总是亲临前线。你可以在战斗最为激烈的地方，看见他的白色的战马和鲜艳的羽毛，敌人也能看见它们。他总是身先士卒，不顾个人安危，可以看得出来，他就是喜欢白刃战，简直陶醉其中。

当然，博卡洛萨也勇敢，如果勇敢这个词用在他身上合适的话。要想把他作战时的形象完全描绘出来，似乎很难。据说光是他的战术，就足以吓住最最顽强的敌手，而最最吓人的还是，他格斗时不急不躁，不疯不狂，只是咬住嘴唇，从容不迫地从事他那残忍而有章法的杀人营生。

他常常徒步格斗，以便更靠近猎物。他生性好战，杀人如麻。相形之下，大王和别的首领的格斗方法就有点像是小孩在玩耍。我也只是听人这样说罢了，因为我一直都是远远地观看。一想到错过了那样的时机，我就懊恼不已。

像大王和博卡洛萨这样的男人，可以说各有各的勇敢。堂·里卡多算什么东西！在这里提到他的名字实在可笑。

博卡洛萨和他手下的人喜欢肆意蹂躏路过的村寨，所到之处，杀人放火，劫掠一空，而大王认为大可不必如此。博卡洛萨则认为，烧杀掳掠是战争的一部分。他们走到哪里，就杀到哪里，身后绝不留下活物，据说大王和他的卫队长在这一点上有意见分歧。

我得说我赞同博卡洛萨的观点。敌国的领土就是敌国的领土，就应该这样对付。这是战争的法则。也许很残酷，然而战争与残酷总是息息相关，除此之外没有别的法子。你必须杀光跟你作对的人，烧光你占领的土地，不让他们东山再起，卷土重来，在后方留下抵抗的隐患，那可实在太危险，因为谁都懂得腹背最易遭受攻击。我相信博卡洛萨是对的。

大王有的时候似乎并未意识到自己正身处敌国，不时以令人不敢苟同的方式对待敌国国民。比方说吧，他来到这座腌臢的山寨，驻足观看那些乡巴佬聚餐，听他们吹笛子，好像那些曲子很好听似的。我实在不能明白他从中能得到什么乐趣，他还亲自去跟那帮乡巴佬搭话。

那种事情我可不懂，也不清楚他们在干些什么，不过可以看得出来，像是某种庆贺丰收的会餐。一个挺着大肚子的妇人将葡萄酒和橄榄油浇在一小块翻犁过的土地上，然后所有的人围绕那块地坐下来，分吃面包、酒和羊奶奶酪。

大王也坐了下来，跟他们一块儿吃喝，还说他们的橄榄和又脏又臭的奶酪好吃。等到邋里邋遢的破旧陶罐装满酒端到他跟前，他就接过送至嘴边，像其他人一样喝起来。这种情景真叫人恶心。我从未见他有过此等行为，也不相信他居然会做出这等事。他总是用这种或者那种方式做出让我吃惊的事。

他问那些人为什么那个妇人要那样做，他们一副遮遮掩掩、尴尬莫名的样子，不愿回答，傻乎乎的农夫的脸上挂着鬼鬼的笑。后来他们终于还是道出了原委：让土地明年再结出葡萄和橄榄。这种说法听起来真是太滑稽太可笑，好像土地也能明白他们泼了酒泼了油，也能明白他们如此动作的意图！

"俺们每年这个时候都这样。"他们说。

一个胡须乱蓬蓬的老头，一边泼酒，一边走到大王跟前，低头直视大王的双眼。"祖祖辈辈都这样，"他说，"俺们也这样。"

泼完之后他们起来跳舞，老的少的，甚至连那个已半截入土的可怜老头也加入进来，动作笨拙而丑恶。吹笛的吹起了那些自制的管子，曲调单调乏味，不厌其烦地再三重复。我实在不能明白大王为何要听这些毫无美感的破烂曲子，他和堂·里卡多——他也在场（他什么时候不在呢？）——深为入迷，忘了此时正在打仗，忘了他们正在敌国的国土上。

后来那些人又唱起了千篇一律的忧伤的歌，他俩更是听得如痴如醉，乐不思归，直到黄昏落临，才恋恋不舍地离开。这时候他们也许才意识到，待在渐渐笼罩下来的暗夜里，是何等危险。

"夜色真美啊。"他们彼此赞叹，这时我们总算往营地走了。堂·里卡多迫不及待地又想表现自己的聪明，开始令人作呕地夸赞景色是如何如何的美丽，尽管实际上毫无特色可言，而且又停了下来，回头去听从山窝窝肮脏破败的那座村寨里传来的笛声和歌声。

当天夜里，堂·里卡多将两个妓女带进大王的帐篷里。他是在营地里发现她们的，她们设法从城里悄悄溜到了这里，想捞更多的油水，因为她们那号人在这里奇缺。货以稀为贵嘛。

"而且由女人来对付敌人真是再合适不过了。"她们居然说。

大王开始大吃一惊，我以为他会龙颜大怒，把两个臭婊子撵出门外，然后对堂·里卡多的无耻行径给予重罚。可是出乎我的意料，他忽然朗声大笑，搂过一个婊子坐到自己膝上，下令拿最好的酒上来。

那天夜晚我被迫目睹的那些丑事让我感到震惊，直到现在都还心存余悸。我再也不愿看见那种事，再也不愿勾起那段想起来就直想吐的回忆。我怎么就没发现她们是如何钻进来的呢！然而女人，尤其是那种女人，就如同耗子；她们说她们无孔不入，可以来去自如，在什么东西上面都可以咬出一个窟窿。

我本来可以走开，进随从的帐篷去睡觉，可是现在我不得不留下来，非但要伺候我的主人和堂·里卡多，而且还要伺候那两个浓妆艳抹的臭婊子，她们涂着威尼斯发油，胖嘟嘟的肉体热得烫手。我感到异常恶心。

堂·里卡多称赞她们漂亮，对其中的一个尤其赞不绝口——向大王一一展示她的媚眼、柔发和大腿，尽管她假惺惺地予以制止；说完之后他又转向另外那个娼妇，用同样的话恭维她一番，免得她感到被人冷落。

"女人都美！"他嚷嚷，"她们是快乐的源泉！最美妙的就是那些名妓啦，终生献身于爱情，从不逢场作戏。"

他的举止是如此愚蠢而无聊，虽然我已经把他当作最最愚不可及的乡巴佬，但还是不敢相信他竟然会做出那么可笑的小丑行为。

他们大盅大盅地喝酒，渐感不胜酒力。堂·里卡多变得伤感莫名，开始喋喋不休地谈论起爱情，不断地背出一些哗众取宠的诗句，多半是商籁体①爱情诗，献给一个叫作什么劳拉的女人②。于是乎两个婊子热泪盈眶，感动异常。

堂·里卡多和大王两人头枕在那两个脏女人的怀中，她们温柔地捋着他们的头发，一边听堂·里卡多的甜蜜的屁话，一边发出嗲嗲的呻吟。

堂·里卡多挑中了两个当中比较漂亮的那个。整个晚上，我发现大王在瞧他时，眼里都不时露出古怪的神色。那两个蠢女人似乎被他和他的媚态逗得心醉神迷，火烧火燎。

女人总是喜欢那些最傻最无聊的男人，因为看见那些男人，她们就如同看见了她们自己。

---

① 商籁体，即十四行诗，为文艺复兴时期意大利诗人弗兰西斯科·彼特拉克（1304—1374）首创。
② 劳拉：全名劳拉·德·亚维农，彼特拉克的理想情人。他的爱情诗多半是写给她的。

但是他忽然跳了起来，宣称伤心的爱情诗已经念得够多了，现在他们要喝酒，要快活！这就是说又要开始胡闹了，狂喝滥饮，动手动脚，说些我不堪复述的无耻下流的笑话。

胡闹达到高潮时，大王举起酒盅为堂·里卡多干上一杯。"明日之战你就是我的旗手！"大王说。

堂·里卡多对这项出乎意料的荣誉感到受宠若惊，眼睛都放射出光来。

"但愿会有一场恶仗！"他在女人面前自吹自擂，这样她们就会以为他勇敢得很。

"谁知道呢，也许可能吧。"大王答道。

堂·里卡多抓过大王的手，满怀感激亲吻它，那份谦卑就如同一位侍从面对自己的君王。

"敬爱的陛下，请记住您狂欢时许下的诺言。"

"朕不会忘记。"

两个妓女看到这幕情景非常感动，惊奇的眼睛睁得老大，但她们首先注视的是就要在战斗中扛大旗的那个人。

这个小插曲过后，他们继续嬉闹作乐，动作越来越不成体统，越来越厚颜无耻，我被迫看着这一切，心中充满了疑惑和厌恶。

他们相互接吻，到处乱摸，脸蛋潮红而发烫，因为贪欲禁不住气喘吁吁。那份淫秽简直难以形容。两个女人假模假样地抵抗一阵之后，他们就扒掉了她们的衣服，于是几只奶子就裸露出来，那个漂亮一点的女人竖起了粉嫩的奶头，其中一个奶头旁边有一颗痣，不算很大，但一眼就能看见。我过去伺候她时，被她身体上的气味熏得直翻肠胃，那种味儿跟王妃清早躺在床上时的气味一模一样，虽然我从来没有如此挨近过王妃。

堂·里卡多伸手去抓她的奶子时，我对这个色情狂简直憎恶到了极点，真想赤手掐死他，或者用剑捅他几下，放干他的淫荡的血，让他再也甭想去搂抱女人。

我站着，悲愤欲呕，想到了人类的丑恶本性。愿所有这些人都被地狱之火化为灰烬！

后来堂·里卡多又想出了什么馊主意。他一直跟那个漂亮点的女人一起厮混，被她搅得不得安宁。现在他提议跟大王掷骰子，看谁来占有她。大伙儿齐声叫好，连大王也这样认为，那个女人则为自己成为这样一场决斗的目标而乐不可支，全身的肉都因为快活而抖动不止。我觉得那女人实在让人讨厌，实在不明白他们怎么会认为她漂亮，认为她可意，不明白他们怎么愿意为这样一件令人作呕的战利品而打赌。

她满头金发，皮肤洁白，眼睛又大又蓝，腋窝下面还长了一大撮毛。实在是不堪入目。我一直不明白为什么人的腋窝下面会长毛呢，我一看见那撮毛心里就发毛，特别是它汗津津的样子。我们侏儒就不是那样。我们觉得那撮毛实在是奇丑无比，有碍观瞻。如果我在那个地方，或者在除脑袋之外的身体的任何部位长毛——脑袋上长毛是成长的标志——我会感到羞愧难当，无地自容。

我不得不去把骰子拿来。大王先掷，掷出一个 6 和一个 1。她将跟先掷到 50 的那个人睡。他们轮番投掷，两个女人攀在他们身上，全神贯注于结果，还不时毫无廉耻地评说交错上升的数字，发出尖声怪叫，淫声荡语不绝于耳。

结果大王赢了，他们全都欢呼雀跃，乐成一团。

他们马上就扑向那两个女人，每人扑住自己挑中的那个，剥光她们的衣裙，开始动作起来，那种动作是如此让人恶心，我实在无法再忍受下去，一头冲出帐篷，刚一跑出帐篷的门就狂呕不止，直呕得天昏地暗，灵魂出窍。

我全身发冷，皮肤像被拔光毛的小鸡一样起了许多疙瘩。我不住地发抖，缩到搁在厨子和马夫之间的小堆稻草上。那马夫特别坏，身上一股马粪味，早上起床后总喜欢踢我。我不明白他为何要踢我；他说他就是喜欢踢。

我不懂人类相互间的所谓爱情。那种东西让我作呕。那天晚上我所目睹的一切都让我作呕。

这也许是因为我是另外一种生物，要更敏感，更细腻，因此许多我感到难以忍受的东西，人却可以忍受。我不明白。我对他们称之为爱情的那种东西从无体验，也不想尝试。

一次他们给我找来一个女侏儒，一个非常可爱的小女子，长着一对跟我一样富于洞察力的小眼睛，皱缩的脸和身体宛若古老的羊皮，正是人类应当具有的理想形象。可是她并没有挑起我的情欲，尽管我对她的美貌并不反感，尽管她的美貌与那些人有天壤之别。

这也可能是因为她是被王妃送来的，王妃像所有那些做淫媒的老女人一样，妄图把我们凑合在一起，因为她希望我们为她生个小侏儒，那段时间她特别想要一个。

那还是安吉莉卡出生之前的事，她想要一样什么东西玩玩。她说她觉得小侏儒肯定特逗。但是我才不会去迎合她那些胡思乱想呢，也不想为了她那些寡廉鲜耻的念头而做有辱我们民族的事。

顺带说说吧，她以为我们会为她生个小孩，其实这是错误的观念。我们侏儒并不生儿育女，我们这一族的优势就在于不生育，根本不用为生命的繁衍而担惊受怕，甚至想都不必去想那个问题。我们不必生儿育女，为什么呢，因为人类本身会生出侏儒来，这一点是毫无疑问的。我们让自己由那些傲慢的生物生出来，让他们吃尽苦头。我们这一族经由他们传宗接代，以这种方式来到这个世界。这就是我们不生育的奥秘。我们属于那个种族，但同时又置身其外。我们是前来造访的客人，是前来造访达数千年之久的古老而皱瘪的客人。

我扯得太远了，远离了我要说的事。我本来没打算说这些事情。

第二天早上，堂·里卡多当然就扛起了大王的帅旗。关于这件事以及战场上的某些情况，当然可以大书特书一番，但是对于此事的前因后果，我有我自己的看法。

据说因为大王的一道无法解释的命令，堂·里卡多差点儿丢了性命，据说当时他的处境极为危险，他和他的那一小队骑兵几乎被围歼。还有人说他作战极为凶猛，不过对这一点我倒是一个字都不信。说是他把幸存的几名战士召集起来护住帅旗，与数量占绝对优势的敌人进行殊死搏斗。正当情势万分危急之时，大王拍马赶来，一方面是因为抵御不住激战的诱惑，另一方面还有一些别种原因。

大王率众突入围困堂·里卡多的敌兵当中，似乎准备去援救他，可是战马突然被刺中肋部，翻倒在地。大王被抛下坐骑，陷入乱军之中。堂·里卡多见状激动起来，"勇气"倍增，率手下的人冲破重围，借着垂死的力量和大王的骑兵一道拼死抵住敌人，直到被援军所救。

这时堂·里卡多已经遍体鳞伤。据说这时他已隐约感到大王有意叫他送命，但他还是不改初衷，救了他的主人一命。

据说大致情况就是如此，但我根本不信。从许多方面看，这种说法都极为可疑，我之所以提起它，是因为关于今天早上发生的这场戏剧性的事件，军营内外普遍都持这种看法。但我却持截然不同的观点，我的观点来源于我对堂·里卡多的具体的个人认识。我比任何人都更了解他，他才不会是那样的人呢。

这种说法显然带有堂·里卡多自吹自擂的色彩，它简直成了某种无人去辨别其真伪的传奇故事，好像他倒成了英勇的化身，他的所作所为伟大而高贵。所有这一切都显示出了他那无与伦比的自我吹嘘与哗众取宠的天才。他那荒唐可笑的虚荣心打起仗来比平时表现得更为强烈，而他那颇得他人好感的英勇不过是一种愚蠢而已。他们误把愚蛮当成了勇敢。

如果他真像自己吹嘘的那么勇敢，果真时时都身临险境，那他怎么居然没被杀死？人们兴许会问。任何人都能杀得死他，至少我是能的。

又说他现在遍体鳞伤，谁知道是真是假，反正我表示怀疑。我可以担保绝不会有什么致命伤，不过就是擦破一点皮罢了。但是不管怎么说，从那以后我就没正眼瞧过他。

另一方面，据说他在战斗中厚颜无耻地戴着王妃的标旗，我相信这倒可能确有其事。据说那些旗帜是我们开拔之前王妃特意为他挑选的；那天早上他就把它们插在头盔上，在众目睽睽之下为他的女人而战，因此可以说，他与其说是在大王的旗帜下作战，不如说是为自己的心上人而战；他救的是大王的命，但他为之奋战的却是王妃。不久之前他还躺在那个女人的怀抱里，很可能从她的床上直接来到了战场，头上插着的正是他最心爱的人儿的小旗！他的爱情如同美妙的花朵，开放在他的高高昂起的头盔上，而他的肉体还带着那不忠的淫欲的余香。

人类的爱是一个谜；假如有谁无法明白，那也不足为奇。

另一个谜是那两个与同一个女人有染的男人之间的关系。莫非正因为如此他们达成了某种默契？有时候还真像有那么回事。堂·里卡多是否真如他们所说的那样，救了大王一命？我是不大相信的，但是他也有可能出于十足的虚荣那样做，以骑士方式报复希望他丧命的大王，以此向所有的人表明自己是一个多么宽宏大度的英雄。这倒是有点像他。

那么大王在冒着生命危险拍马驰向堂·里卡多时，又是否真想救他一命呢？要知道大王是希望他死掉的。我不明白。想不清楚。一个人总不可能对另一个人同时又爱又恨吧？

我记得那天夜晚他的表情，那种表情里含有某种凶兆。但是我同时也能想起他躺着倾听堂·里卡多喋喋不休地赞美爱情时，那种痴醉而脉脉含情的眼神，那种博大深远的爱让人感到心潮澎湃，到后来浑身火烧火燎，只得一泄了之。难道爱情就是一首美丽而空洞的诗，里面一无所有，可是当有人热情洋溢地背诵起来时，大家又爱听？我不知道，但很有可能真是这样呢。人都是一些古怪而伪善的家伙。

我对那天夜晚大王那样对待那个妓女也感到震惊，我一直以为他对那种事情是不屑一顾的；不过其实也没有什么，我已经习惯于他由我原来想象中的人，忽然变成另一种截然不同的形象。

第二天我极为得体地跟一个侍从官提起了那件事，表示我对适才发生的那一切颇感惊讶，但他对我的看法却不以为然。他说大王有好多情妇呢，宫里宫外的女人都有，有的还是名妓。最近他看上了王妃的侍女，菲娅梅塔。他喜欢换换口味，侍从官解释说，并且嘲笑了我的孤陋寡闻。

我无法想象这一切如何能逃过我这双鹰眼。一定是对主人的盲目崇拜蒙住了我的眼睛。

我并不在乎他是否背叛王妃，因为我恨她，正巴不得有人背叛她才好呢。况且，她正爱着堂·里卡多；她那些烫手的情书，就是我被迫昧着良心为她传递的那些信，就是写给他的。我真希望有人把他给宰了。

第三十八章

雨终于不下了。

今天我们一走出帐篷，就见阳光明媚，四周的山峦轮廓分明，湿漉漉一片，还可以听见先前不曾响起的哗哗的水流声。真是一个清新明朗的好日子啊，头顶是明净的天空，眼前就是山坡上那座蒙坦扎的老巢。

我们差点儿就记不清它的模样了，现在城墙里的每一座房屋，要塞上的每一道箭口，甚至连教堂钟楼上的金光闪闪的小十字架，都历历在目。雨后人世间的一切都变得鲜明。那座城市过不了多久就要被攻占，就要被从大地上抹掉。

大伙儿呼吸着新鲜空气，沐浴着灿烂的阳光，个个兴高采烈，摩拳擦掌。所有的沮丧和失望都烟消云散，荡然无存。大家都急于重新开战。我以为雨会浇灭部队的斗志，看来判断有误，雨所造成的呆傻还没有落雨本身时间长。

帐篷外现在是忙忙碌碌，生机勃勃。嘻嘻哈哈的战士们把自己的刀剑磨得锃亮，侍从官将自己主人的盔甲擦得闪光，战马被打扮得漂漂亮亮，领到绿油油山坡下哗哗流淌的小溪边，洗得干干净净，喝得饱饱胀胀，人人都在为即将来临的战斗作准备。

兵营又成了兵营，战争使它又恢复了往日的雄壮与神采。灿烂的阳光下，一切都闪闪发光——战士们色彩鲜艳的装束、骑士们威风凛凛的盔甲，还有战马身上华丽耀眼的银制挽具。

我仔细研究了那座城堡，就是我们行将攻打的目标。它的城墙结实，棱堡密布，看上去固若金汤，似乎坚不可摧。但是幸亏我们有伯纳多大师的宝贵帮助，因此肯定可以将它一举攻破。我见过他新近发明的攻城槌①和石弩，还有攀墙钩和响声震耳欲聋的攻城大炮：有了这一切足可无坚不摧，无战不胜，无敌于天下。

我们将扫清障碍，呼啸前进，将一切都化为瓦砾。我们要在敌人的城墙上炸出几个大窟窿，像那天晚上描述的那样掘出一条地下通道；我们要把他②用自己的天赋为我们设计的各式武器都派上用场，攻下那座城池，走到哪里，就杀到哪里，烧到哪里。那座城将被洗劫一空，烧个精光，被从大地上抹掉！

它将被彻底夷为平地，绝不会有哪块石头垒在别的石头上面，那一窝强盗土匪都将得到应有的惩罚：杀的杀，关的关，只剩下青烟缕缕的废墟，让人对蒙坦扎昔日的繁荣和强盛产生追忆。

我坚信大王必将用铁蹄碾碎他的宿敌。我简直不敢去想，博卡洛萨的手下将会如何大显身手。这将是我们决定性的最后一战。

不过我们首先得清除横在我军和城堡之间的那拨敌人。只要扫上一眼，你就会发现，正如我先前说过的那样，敌军的数量已大大

---

① 攻城槌：古代攻城时用来撞毁敌方城墙的一种巨型铁槌，又称撞墙槌。
② 指伯纳多。

增加。一些人说那可是一支大军，几乎跟我军和博卡洛萨的部队合起来一样庞大，这种说法过于夸张了。敌军覆盖的范围是比原先扩大了许多，但是因此就把它称为大军，我觉得未免太长他人士气。

大王一眼望过去，眉头一阵紧锁，但随后就变得开朗，看着看着便兴高采烈起来，像一名真正的战士想到盼望已久的战斗即将来临时一样激动不已。

他对我军的最后胜利丝毫不抱怀疑，而且据我所知，他的所有的将领也都一样。

参加攻占一座都城是一件令人心旷神怡的事情，我从来没有得到过这样的机会。

第三十九章

我坐在侏儒住宅里自己常坐的那个位置上，就是在书桌旁边。书桌占据了一角，刚好合我用，在上面写字很自如。我将继续撰写我的回忆录，记述那些发生于我身上的奇异而命定的事情。下面的事情听起来也许有点出乎意外，不过简洁的解释也将随之而来。

那场战斗我们赢了。

这一点我们事先就已料到，而且料想必定会付出相当大的代价。双方都损兵折将，死伤累累，不过可以推想得出，敌人损失更为惨重。他们以后很难再进行有效的抵抗，当然我军也牺牲巨大，元气大伤。而次日的战斗更是尸横遍野，血流成河。可是养兵千日，此时不用又更待何时呢？现在多死人是为了将来不死人。

我们此时之所以待在这里，是因为大王回来调集他的全部兵力，准备夺取战争的最后胜利。我的调查结果表明，大王此次回来也是为了筹集军饷。这么重大的行动必然耗资巨大。传闻他与威尼斯大公就瓜分一事进行了磋商，那些商贩有的是钱，很快就做成了交易。这样我们就可以重新开战。

据说博卡洛萨和他的人马要求增加军饷，他们声称还没有拿到据早先的协议应分给他们的那一份。因此这伙人就制造了事端。我简直没有想到他们会在这个节骨眼上闹事，因为打起仗来谁也没有他们那么凶猛。我原以为他们跟我一样，就是喜欢打仗，看来别指望别人这么慷慨无私。他们想要钱，这也是理所当然的事吧。没问题，他们会拿到钱。

关于他们与大王的分歧，还有另外的说法——不过现在谣言甚多，也不足为奇。部队蒙受重大损失，战争发展不如人意，有一些牢骚和抱怨也是不可避免的。大伙儿对这种结局都很不满意，纷纷相互指责。他们困顿不堪，一遍又一遍地计算双方的损失。现在可以看得很清楚，博卡洛萨的兵打起仗来是很凶，但这并不是因为他们想为大王建立千秋功业，他们想都没想过这事。不过这些小事毕竟无足轻重，不碍大局。

我对这些都不感兴趣，特别是那些钱的事。跟战争相比，它们不过是些鸡毛蒜皮的小事而已。很快就会了结的。

重新回家待着真是让人心烦意乱。一个人刚从战场归来，会觉得生活是如此索然无味，平淡无奇。时光漫漫，自己却不知如何是好，只是感到无能为力。好在这种日子并不久长，我们很快又要出征啦。

这里的人都很古怪。我指的是奴仆和那些未打过仗的人。他们根本不知道发生了什么事，似乎根本就没有意识到国家正处于战争状态。看见我披甲戴盔走来走去，他们面露讶色，好像并不明白这就是前线的戎装。要不是这身装束，我还不早就成了敌人的猎物，还不等于找死啊。他们说这里没有危险，可是就在这个时候，战争还在继续，我马上就要回到战斗最激烈的地方去。我随时都在等候大王下令开拔，因此必须作好充分的准备。这就是我全副武装走来走去的原因，可是他们不明白这一点。

他们想象不出战争是怎么一回事，因为没有亲身经历过。假如有谁略微跟他们讲讲军旅生活及其危险性，他们就会露出怀疑的傻相，同时又藏不住隐隐的嫉妒。他们总想证明我其实是在夸夸其谈，我其实并未参战。要想发现他们由此产生的妒意实在不难。

并未参战！有谁知道自昨日那最后一战之后，我剑鞘里的剑还沾着血？我并未将它示人，因为我对自我吹嘘深恶痛绝，吹牛在官兵当中是常有的事，尤以堂·里卡多为甚。我只是用手按住剑柄，从容不迫地走我的路。

那是两天激战期间发生的事。当时我们不得不去攻占位于城堡和我军右翼之间的一座山冈。这场战斗代价高昂，但我军的战略位置因此大为改观。战斗刚一结束，大王就登上山冈，查看这场新的胜利为我军赢得的有利地形，我当然紧紧跟随在他身后。

山顶上有一所罗多维柯的漂亮住宅，部分被柏树和桃树所掩隐。我和几名战士前去搜索城堡，看看是否还有敌人埋伏在里面，免得被他们吓一跳，而且威胁到大王本人。但我们只找到两个老年用人。他们实在是年迈体衰，因此被丢了下来。大王下令不许伤害他们。

尽管这样，我还是下到地窖里，没人想到搜搜这里，但它也有可能成为藏身之处。

就在这里，我发现了一个侏儒，他显然属于罗多维柯的宫廷，因为罗多维柯养了好多侏儒。他也是因为某种原因被丢了下来。

一看见我，他就吓得魂飞魄散，掉头就往黑黢黢的地道里跑。

我大喊："站住！"

但他狂奔不止，于是我明白他已经神志不清。我也看不清楚他身上有没有武器，只是顺着狭窄曲折的地道拼命追，特别激动人心。

后来他钻进一间屋子，想从里面一个出口逃生出去，但他还未来得及打开那扇门，我就堵住了他。

他意识到自己已被逮住，便号啕大哭起来。我像抓耗子似的沿着墙壁向他逼近，心里知道他已逃脱不掉啦。

我终于把他逼进一个角落。

我嗖的一剑刺穿了他的身体。他没披盔甲，也没带任何武器装备，只穿了一件滑稽可笑的蓝色丝绒背心，颈脖处还镶了一圈花边，像个小孩似的。我就让他死在了那里，自己又回到了阳光下。

我并未提起此事，因为我觉得它并没有什么了不起。小事一桩，何足挂齿，战争期间日日都有发生。我只不过是尽到了一个战士应尽的责任而已。无人知晓此事，不管是大王还是别的人都不知晓。谁都不会想到，我的剑刃上沾满了鲜血，这血作为我参加战斗的纪念，直到如今我还保存着。

遗憾的是，我杀死的是一个侏儒，我真希望我杀死的不是他，而是我所痛恨的人类的一分子。如果真是那样，格斗也会更富于刺激。但是我也痛恨我的同类，我自己的种族让我感到恶心。格斗的时候，尤其是当我刺出那致命的一剑，我感到异常兴奋，好像是在主持某种异教的仪式。憋死约沙法的时候我也有同感，感到内心有一种无法抗拒的灭绝自己种族的欲望。为什么呢？我不知道。我无法理解。莫非我的命运就是要灭掉自己这一族？

像所有的侏儒一样，他发出阉人的尖声，让我感到极不舒服。我自己的声音浑厚而深沉。

这是一个卑劣可鄙的种族。

为什么他们跟我不一样呢？

第四十章

今天王妃想跟我探讨爱情。

她非常伤感，泪水涟涟。为什么呢，我不知道。但她肯定自有她的原因——而且唯有她自己知道为何这么伤心。后来她又像往常一样忽然莫名其妙地高兴起来，反过来开爱情的玩笑。她坐在大镜子前，侍女为她梳理头发，这时她又由戏谑回到了认真，用一种我认为没有道理而且让人生厌的方式，漫不经心地跟我聊起天来。

她一定要我说说对这个问题的看法，但我不愿深谈。她一再问道：难道你从来就没有过一点风流韵事？我怒目而视，断然否认。她大为惊奇，感到不可思议，于是老是缠住这个问题不放，显得越来越好奇。为了避免发生更多的争执，我终于说了一句，难道我就不可以爱一个男人吗。

她转过头来望着我，禁不住哈哈大笑，连丫鬟也跟着她掩嘴直笑。

"男人！"她很讨厌地叫唤起来，好像这句话有什么可笑似的，"男人？哪个男人？莫非是博卡洛萨？"

她们两人又发出一串笑声。

我的脸孔涨得通红，因为我想到的正是他。她们看见我脸红了，更是觉得妙不可言。

我觉得没什么好笑的，就冷漠而轻蔑地看了她们一眼。笑既不可爱也不雅观。只见她们的嘴忽然张开，接着就露出让我反感的红红的牙床。我无法掩饰自己对博卡洛萨怀有的崇敬，甚至是某种爱恋。在我的眼里，他是一个真正的男人。

尤其令我生气的是，连那个梳梳头发的小女子居然也嘲笑我，甚至笑得比夫人还要放肆。我可以容忍王妃取笑我，随时可以化取笑为认真，忍气吞声地回答她有关爱情的提问，跟她讲讲爱情究竟是什么。我再说一遍，我可以容忍王妃的取笑，因为她是我的女主人，而且具有皇族血统。可是那样一个土里土气的小女子竟然也胆敢嘲笑我——真是让我怒火中烧。那个臭婊子一贯对我傲慢无礼，总是想摆臭架子，想显示自己"聪明"，而且还因为我打不开几扇宫里的门，就耻笑我。那又关她屁事？她不过是个愚蠢而没有教养的小村姑，应该经常尝尝皮鞭的滋味。

至于博卡洛萨，我当然敬佩他；我跟他一样，也具有军人气质。

第四十一章

日子一天天过去，我们静心等待，不知该做什么好。

昨天我被派去给圣克洛斯的梅斯特罗·伯纳多捎个信儿。他还在那里，画他那幅《最后的晚餐》。我常常纳闷，他为什么不来前线，为什么不来看看他那些奇怪装置的毁灭性威力呢，好像只要把它们造出来，他就已经感到心满意足。我觉得他真该瞧瞧它们在战争中的表现。他还可以到那里搜罗一大堆死尸，用来剖肚子进行科学研究嘛。

我发现他正在沉思默想自己的创造发明，如此全神贯注，根本就没有注意到我的到来。他抬起双眼时，它们看上去神思恍惚，好像依然神游于远方。对我这一身戎装，他似乎毫不在意，虽然他以前从未见过我如此全副武装。他瞥了一眼，既不惊奇，也无兴趣。

"找我干吗，小淘气包？"他和和气气地问了一句。

尽管我对他这样怪怪地称呼我感到很恼火，但还是把信交给了他。交了之后我转身就走，因为没有停留下来的理由。我匆匆瞟了一眼那幅杰作，觉得跟上次见到时相比，并没有取得更多进展。他从未完成过一件东西。他整天都在想些什么呢？

虽然他能看出来我刚从战场归来，但对打仗的事却一个字也没提。我有这样一种印象，觉得他对这场战争毫无兴趣。

威尼斯大公竟然拒绝再借给我们钱！他们的使节宣称贷款到此为止。简直难以置信！令人莫名其妙！他们认为战况不妙。

不妙？这是什么话！不妙！既然不妙为何又能捷报频传？我们已经深入敌国境内，兵临敌国都城，眼看就要一举将它攻占，大获全胜，凯旋而归。这时却来阻拦！

那座城市正等着被攻占，被碾成瓦砾，烧成灰烬，被从大地上抹掉，这时却来阻拦！真是气人啊！有谁能信！那些卑鄙的威尼斯商贩想在我们和胜利之间插上一杠子？就因为他们不愿掏出兜里那些不义之财？不！这不可能！这种行径太卑劣太下作了。

大王肯定能想出办法，他当然会想出来的。伟大光荣的战争绝不会被几个破钱所葬送，这一点是毫无疑问的。

宫里挤满了侍卫官、外国使节、议员和高级将领，传令兵马不停蹄地在大王和前线之间来回穿梭，递送军情。

我激动得都快疯啦。

第四十二章

博卡洛萨的外国雇佣兵拒绝再打下去！

他们要钱，先是要应得的那一份，后来又提出要加倍。如果得不到，就按兵不动。大王拿不出钱，就劝诱他们说，城里有的是金银财宝，一旦拿下来，他们可以尽情洗劫，满载而归。

他们回答说谁知道拿不拿得下那座城呢，以前可从来没有过这种先例；他们首先得击溃伊尔·托罗的大军，然后要围很久的城，他们不喜欢围城，围城可烦呢。将城团团围住时也没有生财的机会。况且，他们已经蒙受了惨重的损失，比原先预料的惨多了，他们为此很是烦躁。那伙人声称，他们虽然喜欢杀人，但并不想被别人杀死，至少是不想为这几个区区小钱去送命。那伙人说起话来极为鄙俗，毫无外交辞令。

接下来还会发生什么事？此事又将如何收场？

大王肯定会想出解决办法，他是那么精力旺盛，足智多谋。他喜欢事情出现反复曲折，因为这样才有机会显示自己的大智大勇。而且我无敌之师仍然兵临蒙坦扎的都城之下。可别忘了这一点！

战争已近尾声！部队就要撤离前线，打道回府，一切都完了！全完啦！

我一定是在做梦！一定是一个梦，一个噩梦！这不可能是真的。我必须赶紧醒来，弄清楚它到底是不是一个又可怕又讨厌的梦。

然而真是这样。千真万确！多么残酷多么难以置信的事实！你最害怕什么，什么就会发生。

欲壑难填，恶名昭彰，背信弃义，人类的劣性葬送了我英雄的军队，解除了他们的武装。我战无不胜攻无不克的义师已威逼敌军城门，可是未放一枪就不得不打道回府！他们必须回家，已被出卖，已被抛弃，必须回家去，哪怕他们唯一的信念就是不成功便成仁！这是一场罪恶无耻的悲剧。

这场伟大的战争，这场我国历史上最最神圣的战争，竟然就这样不了了之！

我悲愤交加，但又茫然无措。今生今世还从未这样惶惑过，从未蒙受过这样的耻辱。我又急又气，激动难平，但又不知该如何是好，只是感到无比绝望。我如何才能对这件丑事的进展产生影响，如何才能力挽狂澜，扭转乾坤？如何才能结束这出悲剧？我无能为力。一丁点能力都没有。

完了。一切都完了。全完了。

我听见这个消息，好不容易弄明白其中的含义后，就悄悄往侏儒住宅走去，只想孤身独处，自个儿待着。我害怕控制不住自己的感情，害怕失去男儿的自制力。我刚一跨进自己那间空荡荡的小屋，就止不住一阵啜泣，全身抖动不停。我承认：我再也受不了了。我攥紧双拳抵住双眼，悲愤万分，流下了眼泪。流下了眼泪啊！

第四十三章

大王闭门不出，也不会客。连饭也不出来吃。我伺候着他，除了端饭进来的那个女佣，我是唯一能见着他的人。他看上去相当平静，可是那张苍白的脸孔背后是不是还隐藏着一些别的什么，却很难说。他的面色灰白，周围是一圈浓黑的胡须，眼神茫然呆滞。

他似乎根本就没注意到我的存在，毫无血色的薄嘴唇一动也不动，一个字也不说。那个可怜的女佣非常怕他，十足一个可怜虫。

大王在得知威尼斯人表示拒绝，也就是说那个混账商贩共和国企图阻止他一鼓作气打下去的消息之后，勃然大怒，那份激怒我以前从未见识过。他大声咆哮，简直可怕极了。狂怒中他拔出利剑捅向桌子，直插至剑柄。如果那些卑鄙的威尼斯商贩看见他这副模样，我敢担保他们一句话也不敢再啰嗦，就会乖乖地把钱放到桌子上。

特别让人感到恼火的是，他一直没有机会用上伯纳多大师的那些伟大发明。他本可以把它们派上用场，有它们助一臂之力，我军早已攻下城堡胜利在握了。如果是这样的话，他不大获全胜才怪呢。

看他发怒的样子，我感到很快慰，可是转眼一想，又觉得他并非是一个很坚强的人。他为什么那么依赖别人？甚至要依赖像钱那样的鄙俗可恶之物？他为什么不用我们自己的无敌之师去攻打城堡，将它夷为平地？军队不用来作战又用来做什么？

我只是自问而已。我不是战略家，也许并不懂得战争的艺术，可是我的心也同样为命运的无常感到悲伤。

我解开了我的盔甲，无比伤心地把它放回侏儒住所。它像一只可怜巴巴的跳娃娃①，绝望无助地挂在钉子上。可耻。丢脸。

---

① 跳娃娃：一种玩具。如何玩法译者不知。

第四十四章

我们已在平静中度过了四个礼拜。宫廷内外乃至整个国家都被阴郁的气氛所笼罩。说来也怪,眼看已是和平时代,沮丧和忧伤的情绪却蔓延开来。你完全可以想象那是一种怎样的情景:空气凝重而压抑,令人窒息的沉闷憋得人喘不上气;归来的战士窝了一肚子火,看什么都不顺眼,也许是因为战争没有达到预期的目的,那些足不出户的人也跟战士们一样烦躁不宁。

每天的生活还是老样子,百无聊赖,无所事事。战争的希望与欢乐烟消云散,荡然无存。

宫里死气沉沉。

除了我们这些住在宫里的人,没有别的人进出大门,而我们一般也只拣其中的一扇门走。没有海内外的来客,没有通报求见的要人,没有任何人被邀请前来。会客厅空无一人,连那些大臣也全都躲了起来。

空空荡荡的走廊里连个鬼影儿都见不着,楼梯上只能听见自己脚步的孤独的回声。这里简直就如同一座被废弃的古堡,神秘而离奇。大王待在自己那间与世隔绝的屋子里,走过来,走过去,或者坐在桌子旁沉思默想，被他的剑捅穿的那个窟窿血口大张，像一道裂开的伤口。他坐在那里，茫然凝视远方，鬼才知道他在想些什么。

这是一段黯淡压抑的时光，每天光阴漫漫，度日如年，好不容易才又熬到黄昏。

我现在有的是时间记下自己的感受和思想，可是却一点精神都打不起来。大多数时候我都坐在窗前，看城墙外那条灰暗的河缓缓流淌。那条河脏得发绿。

就是那条河，不久之前还目睹了我军在伊尔·托罗的国土上所取得的辉煌战果！

第四十五章

不，不，荒唐至极！这段倒霉的日子里发生的怪事不算少，可是这件事给我当头一棒！我只觉得天旋地转，对一切都不再相信！

谁能想得到呢——大王竟然认为他应当与蒙坦扎家族化敌为友，而且签约永不再战！他们想结束世代的怨仇，郑重其事地立誓了结此事。彼此将永远不再狼烟四起，兵戎相见！

事情好像是这样，刚开始伊尔·托罗断然拒绝，不屑一顾，因为他是受害者，但是大王力陈此项建议，言辞更为恳切。两国人民为何要继续相互残杀，打来打去又有什么意义？我们断断续续地厮杀了两个世纪也未分胜负，可以说在这场遥遥无期的战争中，双方都是输家。战争带给我们的只有饥饿和苦难。如果我们能在和平和彼此理解之中生活，那该多么好呢，那样我们的国家就可以像当初建国时所希望的那样，变得繁荣而充满欢乐。

据说罗多维柯后来研究了大王的建议，觉得有点道理。于是就答复说他也深有同感，并且接受邀请前来商谈和签署这项神圣的条约，让两国人民世世代代友好下去！

这个世界简直疯啦！世世代代友好下去！不再打仗！多么可

笑，多么荒唐！他们以为自己能改变宇宙法则？好自负啊！这是对历史和传统的背叛！

不再打仗？那就是说不再流血，那么光荣和凯旋还有何意义？骑士都已解甲，刀枪都已入库，再吹银号又有何益？难道军人将不再冲锋陷阵，不再血洒疆场，马革裹尸？难道人类的傲慢与自负将不再受到管束？博卡洛萨也将不再满脸横肉手提大刀，满世界去逞霸逞威？那生活还不就黑白颠倒全乱了套？

重归于好！还有什么比这更可耻的吗？与不共戴天的死敌重归于好！多么可鄙，多么丑恶而令人作呕的诡计！这是对我们的人民、我们的军队和我们的先烈的莫大嘲讽和羞辱！是对倒下去的死难英雄们的莫大玷污，他们白白牺牲了自己的性命。简直让人恐惧莫名！

这就是他正在想的事啊。我时常纳闷他在想些什么——原来想的是这个！现在他的脾气可好多了，又像以往一样谈笑风生，精力充沛，自我感觉特别好。我猜想他大概以为自己急中生智想出了什么妙计吧。

我所感到的屈辱无法用言语来表达。我对我的主人，对大王的耿耿忠心已经深受伤害，无法愈合。他已经堕落如同昏君。永久的和平！永久的休战！永远不再战！只有和平，和平！做这样一位主儿的侏儒还真不容易呢。

第四十六章

整座王宫一片狼藉，这得归功于这场愚蠢的盛宴。你不时会被扫帚或水桶绊倒，到处都是成堆的垃圾，一往窗外铲灰尘就呛住你的喉咙。他们从阁楼里抱出陈年花毯铺满地面，让人家去踩那些可爱的图案；踩完之后还要挂到墙上去，为这场可耻的"和平友好宴会"作陪衬。

多年未用的国宾馆又开始接待客人，用人们神神癫癫地东奔西跑，想把一切都及时准备妥当。他们个个都不喜欢大王的这个愚蠢主意，而且干起来还这么累人。

用人们又去打扫杰拉尔蒂宫，那里也要被占用，罗多维柯的随从将在该宫宿营。用人们说博卡洛萨住过后，那里看起来像是猪圈。肉库里塞得满满当当，牛啊，鹿啊，羊啊，成百上千，全是城堡主逼迫可怜的人们交来的，一同交来的还有稻谷和饲料。人民当然要生气啦，整个国家怨声载道。我相信，如果可能的话，就因为这场愚蠢的"和平盛宴"，人民就会揭竿而起，反抗大王。

小鹿在花园里被宰杀，野鸡野兔落入陷阱，中弹身亡，野猪在山谷中四处逃窜，躲避追杀。猎鹰者手提肩扛，将鹌鹑、鹧鸪和苍鹭送入厨房，阉鸡被剖肚，鸽子被开膛，连孔雀都被捉来为这几天就要举行的盛宴增添光彩。

时装师为大王和王妃以及城中所有的达官贵人制作昂贵的盛装，名贵的衣料全都来自威尼斯——做衣服可以赊账，要想打仗可一个子儿也甭想。他们对镜试衣，好不忙碌，频频出入于王宫。凯旋门也在城门外和罗多维柯及其扈从即将途经的道路上竖立起来。宫门前和大厅里搭起了华盖，人们忙于拍刷花毯，它们就要被高挂在窗子上。

吹鼓手们没日没夜地反复演习，吹得你直想发疯；宫廷诗人信手涂写出一些屁话，准备在觐见大王时高声朗诵。除掉为这次愚蠢的盛宴作准备，再也别无其他！它是交谈的唯一话题，没人还会去想别的事情。整座王宫乱糟糟，闹哄哄，每个角落都杂乱不堪。只要你走路，不是挡了别人的道，就是被什么玩意儿绊倒，一切都陷入无法形容的混乱中。

我满腔悲愤，真想大哭一场。

第四十七章

敌人开进了我国首都，耀武扬威，神气十足，这在我国历史上是前所未有的事。罗多维柯·蒙坦扎和他那妄自尊大的儿子乔万尼，骑马招摇过市，前面由三十名坐在马背上的喇叭手和长笛手开路，身旁簇拥着一队身穿绿黑戎装、手执长戟①的贴身骑兵保镖，后面跟随着一大批出身高贵的贵族和骑士。行进在队伍最后面的是两百名弓箭手，也全都策马而行。

罗多维柯骑的是一匹黑鬃种马，马鞍上垫的是深绿色的丝绒，并配有银色织锦和银制挽具。无论他走到哪里，人群都朝他热烈欢呼，他们只是依照命令行事，也不管欢呼的人是谁。此时他们面对永久和平的美好前景，个个装出欢天喜地的样子。

大王派遣三名特使前去迎候他，他们宣布他已驾到以及为何驾到，这时所有的教堂钟声齐鸣。于是我们的屈辱变成了一场无可比拟的辉煌庆典。他们甚至在护城河边用卡尔弗林炮朝空中鸣射，向他致以军礼，我觉得他们应该瞄准进城的那一拨人，真枪实弹地朝

---

① 长戟：16世纪常用的一种兵器，长柄的一端装有青铜枪刺，旁边还有月牙形锋刃。

他们开火才是。

王子的坐骑不知是被礼炮还是被别的什么东西吓了一跳，结果他好像差点儿摔了下来，但他很快又揪住缰绳稳稳坐住，继续策马向前，脸孔涨得通红。他满脸孩子气，至多也就是十七岁的样子吧。虽然洋相没有出成，但旁人都认为这可能是一种凶兆。他们都很留心在这种庄严场合出现的征兆，而这是唯一一件可供他们尽情想象的事情。

罗多维柯在王宫大门前面翻身下马，大王用一些热烈的屁话向他表示欢迎。他身材矮壮，肥胖光滑的脸颊是那么红润，好像涂抹了血色的条纹，还长着粗短的公牛脖。下颏上的胡髭稀稀落落，刚好配得上他那张还算端正的脸。那双机敏的灰色眼睛想表现出友善，可是只是徒然，因为我们都清楚他是个无赖。

他看来烦躁不安，好像随时都会遭到袭击。

这天的日程排得满满的。欢迎仪式，设宴款待，商谈两国间的那项条约，磋商美好的条款和最后的措辞。

晚上是一台用拉丁语表演的令人心绪烦乱的节目，我一个字都听不懂，据我观察，别的人也全都一样。后来又用市井语言演出了一出猥亵鄙俗的喜剧，于是乎大伙儿皆大欢喜，完全暴露出其男盗女娼的丑恶嘴脸，真让我厌恶至极。

这一天好不容易才熬到尽头。我孤零零坐在自己的小屋里，庆幸自己又得以孤身独处。再也没有什么比孤独更让我感到满足。幸亏侏儒住宅的天花板非常低矮，否则他们肯定会塞一些客人住进来，那简直太可怕了。

那个王子可能长得很英俊，我猜想，不过如果真是那样的话，他就无法继承他父亲的相貌了。他骑着配备蓝色丝绒饰物的大马，身着与之相匹配的盛装，行进在后者的身旁时，众人都说他长相漂亮。这完全有可能，但是看见他那双鹿眼，那头黑黑的长发还有无缘无故便涨红起来的敏感的肌肤，我却觉得他太嫩，太缺少男人味。

也许这是我的错，可是我实在没法子喜欢那种相貌。在我看来，男人就应该有男人的样子。他们都说他像他妈妈，富于教养、为人称颂的贝娅特丽丝，她美丽非凡，虽然去世不过十载，但是据说已经身在天国。

今天下午我看见他和安吉莉卡一同在玫瑰园里走动，稍后他俩又去河边用面包屑喂天鹅。两次我都看见他们彼此在说话儿。我无法明白他跟一个那么傻的小孩有什么话可说呢，他为什么竟然看不出来她的头脑有多简单，为什么不躲开她的陪伴。也许他跟她一样傻。

堂·里卡多自然不会错过这样的盛况，在各个场合都出尽风头。他的伤早就好喽。我不是说过吗，他并没有什么负伤的迹象，只不过一条胳膊被扭了一下而已。他为自己的英雄壮举付出了多大的代价啊！

第四十八章

这是敌人进城后的第三天。为他举行的庆祝活动持续不断，让人片刻不得安宁。昨天晚上我累极了，没写笔记，今天早上才来补写，就寥寥几行字，记下昨天发生的事及其留给我的印象。

天刚蒙蒙亮两位大王就步出城堡，踏着草地朝城西漫步了好几个小时。罗多维柯热衷于运动，大王则喜欢收集猎鹰，其中有几只珍禽还是法兰西王送给他的，他尤其喜欢把它们的凶猛展示给人看。后来他们又花了数小时用餐。举办了一场音乐会，我们都不得不去听。我再也想象不出还有什么东西比音乐更让人作呕了。

听完音乐，又观看摩尔人表演的歌舞，几个魔术师让人倾倒，算是唯一值得一看的东西。刚一看完，他们就又吃喝起来，直吃到深夜，然后又推出不知羞耻的假面舞会，男男女女穿着那么贴身的衣服，好像一丝未挂一般。这个时候大多数人都已经酩酊大醉，东倒西歪。到后来一天的节目总算结束，我累得筋疲力尽，爬到床上倒头便呼呼大睡。

在这全部过程当中，大王一直兴致勃勃，妙语连珠，表现出前所未有的友善和魅力。为了取悦他的"贵宾"，他竭尽讨好奉承之能事，其方式之卑劣难以诉诸笔墨。我一看见他就翻肠倒肚直想吐。

他和伊尔·托罗形同至交，至少他像是一位密友。开始时罗多维柯还有点冷淡，甚至疑窦丛生，有所提防，但是现在却好若无事一般。他随身带着一队剽悍的贴身保镖，还有好几百名战士。也许有人会纳闷，既然是前来商讨永久的和平，带这么多战士有何必要呢。这是惯例。一国之君主来到异国之宫廷，不可不带大批随从。我对所有的礼节惯例都了如指掌，可是眼看周围全是仇敌，却得一声不吭地坐着，这实在让我难以忍受。

我对大王的举动无法理解——他怎么能那么毫无廉耻地取悦我们的宿敌呢？我完全陷入困惑，不过这也没什么可奇怪的，我命中注定永远也不可能理解那个人。我不愿再纠缠这一点，只想重复我先前说过的话：我为他感到无比羞耻。

昨天乔万尼和安吉莉卡又不止一次待在一起，显然闹别扭了。我看见他俩黄昏时坐在河边，但是这次没有喂天鹅，互相也不搭理。两人只是并排坐着，一句话也不说，看河水流向远方。他们已经没有什么话可说了。

还有什么要写的吗？什么也没有了。今天就要庄严地签署和平条约，然后就是盛大宴会和各种狂欢活动，一直要闹到午夜。我的心情很不好，对一切都感到索然无味。

大王向我透露了秘密——事情是如此让人叫绝，我的内心为之一震：我一个字都不能说，这是我们两者之间的秘密。我以前从未意识到原来我们是这么知心。

我只能说我快活得发抖。

节日盛宴定于晚上六点开始。它将使一系列庆祝活动达到高潮。已经作了如此充分的准备，宴会必定成功无疑。我感到自己的心好像都快跳出来了。

他是一位伟大的君王！

第四十九章

现在我来说说昨天的事吧，先说盛宴和一系列庆祝仪式，仪式中我皇室和蒙坦扎皇室要签署和约，来瞧瞧怎么回事。

我们先集中于觐见厅，由人大声宣读两国间的永久和平条约。条约的措辞朗朗上口，铿锵有力，其中的条款提到边境要塞的清除、两国人民间的自由贸易以及为这种贸易提供便利的种种协议。

然后就是签字。两国君王走向桌子，后面跟随着各自的军政要员，将自己的大名署在桌面上的两大页文件上。情景十分感人。

签字完毕，六十名喇叭手吹响了嘟嘟的军号，他们站在大厅四周，各自保持三步距离，身穿两国民族服装。

接下来出席签字仪式的人由庆典主持者引导，在专门创作的迎宾曲乐声中，步入宴会大厅。宽敞的大厅里灯火辉煌，一片通明，燃着五十座烛台和两百只火炬，它们由套着金色号衣的男仆高高举起，手执火炬的还有一些从街上抓来的青少年，他们衣衫褴褛，浑身恶臭，赤着脏脚站在大理石地面上。一跟他们挨近，就能闻到臭熏熏的气味。

大厅里共分五桌，上面放着盛满了冷盘、各色时令鲜果的银盘、花饰陶盘①和其他类型的大盘子，还有二十座用蛋糕做成的巨大群雕，据说表现了希腊神话的各种场景，那是一种我知之甚少的异教信仰②。中间那桌的器皿都是金的——烛台、果盘、碗碟、酒嗉子③和杯盏，全都金光闪闪，就座的有两国君王和所有皇室成员以及双方的主要随从。

大王跟伊尔·托罗相对而坐，身边是王妃。她穿了一件猩红色的晚礼服，白缎袖口镶着珠宝，隆起的胸脯上坠着沉甸甸的黄金饰物。她头上戴了一只缀满钻石的银质发卡，比她那难看的栗色头发漂亮多了。由于她肯定花了好几个小时涂脂抹粉，因此可以看得出来，她那张松松垮垮的胖脸以前一定还蛮漂亮。她笑了起来，那种笑法只有她才有。

大王穿了一件很朴素的黑绒紧身衣，袖口缝着褶状黄绸；身材修长，生气勃勃，像剑一般反应敏捷。他说话不多，但富于机智，又开始轻捋黑色的短发，这是他高兴时的习惯动作。我对他满怀由衷的敬爱。

伊尔·托罗穿的是短小宽肩的外套，用深绿色的布和珍贵的黑貂皮缝制而成，里面是一件红色内衣，从领口处挂下来一串沉甸甸的金链。这身装束使他看起来比以往任何时候都更矮壮更结实，粗粗的牛脖子很固执地从毛茸茸的黑貂皮中伸出来。表面上看，他举止文雅，富有教养，可是人不可貌相，谁知道他是什么心肠。要识

---

① 花饰陶盘：欧洲文艺复兴时期，意大利出产的一种陶器。
② 指除基督教以外的其他信仰。
③ 一种细长形酒壶，颈细底大，用金属制成。

别他们是哪路畜生，还得查看他们的身体。

堂·里卡多当然也在那一桌，而且占了个好位置，尽管论资格他应该坐到另一桌去。他总是大出风头，况且大王也离不开他——王妃则更不用说啰。他自始至终话语滔滔，自我炫耀，心满意足地捻弄自己卷曲的黑胡须。我冷冷地瞧了他一眼，除了我自己，没人知道那是什么意思。有这么一眼已绰绰有余。

相隔稍远——他俩也像其他人一样坐在餐桌旁——是乔万尼和安吉莉卡，两人并排而坐。他俩当然要被安排坐在一块，因为两人年龄相当，都具有皇族血统。至少他具有吧，她很有可能是个私生女。在数百名宾客当中，唯有他俩年少，而且看起来与其说是大人，还不如说是小孩，因此坐得离其他人稍远。看上去他们两个到这儿来好像纯粹是一场误会。

可怜巴巴的安吉莉卡在众目睽睽下列席就座，她穿了一件白色锦缎晚礼服，细长的袖子上缝着金色的织锦，头戴一顶缀满珍珠的白色帽子，金发上缠着金光闪闪的丝结。她看起来很惶惑，对于那些已经习惯于看她身着素装的人来说，这身打扮确实古怪而做作。她那小嘴如往常一样微微张开，粉嫩的娃娃脸一片羞红。那双大眼睛蓝亮蓝亮，仿佛从未见过这么多的蜡烛。

乔万尼也是一样，置身于大庭广众之下似乎很不自在，老是朝他人投去羞怯的目光，不过他毕竟见多识广，羞怯更多的是他的一种天性。他穿的是蓝色丝绒外套，领口绣上金色花饰，那串细细的项链下面有一只椭圆形的金盒子，据说里面藏着他妈妈的画像，又说她已经升上天堂——可是谁知道呢？说不定她也在炼狱里苦苦挣扎哩。

他被公认为长相俊美,我听见有几个客人悄声提到这一点,后来又听见他们说什么"漂亮的一对儿",于是我才意识到他们对美的看法好生奇怪。不管怎么说他不合我的口味。我认为男人就应该有男人样。谁能相信他那个样子会是一位国王,会是蒙坦扎家族的一员呢。他怎么能统治一个民族,怎么能坐上皇帝的宝座?我个人很怀疑他是否会有这样的机会。

两个小孩都不说话,别人一朝他们看,他们就显得惶恐不安。两人之间话也不多,但我注意到他们彼此间那种异样的眼神,目光相触就会心一笑。看见那小姑娘笑,我很吃惊,因为就我记忆所及以前从未见她笑过,至少是她从小就未笑过。她笑得很小心,似乎在试探。也许她知道自己笑得不美。但是我从不认为有哪个人笑起来的时候样子美。

仔细观察了他俩的举动之后,我开始纳闷他们究竟在干些什么勾当。他们并不吃东西,只是坐着,盯着眼前的碗。我看见他们的手在桌子下面偷偷握住。等到有人凑近隔邻望着他们悄声低语,他们就变得不好意思,脸孔涨得绯红,彼此一本正经地谈起话来。渐渐地,我终于明白,他们之间发生了什么不同寻常的事——他们相爱了。这个发现使我产生了异样的感觉。我不明白它为什么会让我这么悲哀,为什么会给我造成这么可厌的印象。

爱情总是令人厌恶,而这两个乳臭未干的小孩之间的私情,更是让我感到前所未有的恶心。哪怕只瞧上那么一眼,我就切齿痛恨,怒火中烧。

可是还不止这些呢。我花在这两个小孩身上的时间已经太多，他们毕竟不是宴会的主要角色。我还是继续说说宴会的事吧。

来宾们吃过堆满桌子的冷盘之后，大管家骑着一匹垫着紫色马鞍的雪白母马出现在大门口，高声宣布头十二道大菜将由众多侍从和丫鬟端上来，这时执缰牵引母马的两名吹鼓手吹奏起嘟嘟的喇叭声。

熏制的大菜散发出的猪肉、酱汁和脂肪的混合气味弥漫整个大厅，我实在受不了这种食物的恶臭，差点儿就当场呕吐。大管家驼着背，如同一只小公鸡，神气活现地走向两位大王那一桌，开始切割熏肉、烤鸭和炙鸡，脂肪从他按住菜肴的左手手指间渗流出来。他一直不停地摆弄着右手握住的那柄长长的切肉刀，好像自己是一位表演高超剑术的知名大侠。客人们只顾把嘴巴塞得满满，我开始感到浑身不舒服，每当我看见人吃东西，特别是贪馋无厌的模样，就会被这种难受的感觉所折磨。他们嚼起东西来样子无比丑陋，因为想尽量往嘴里多塞一些食物。咀嚼肌老是一上一下地运动，你都看得见舌头在嘴里绕着食物打转儿。

在大王这一桌人当中，伊尔·托罗的吃相最为丑陋。他吃起东西来活像个乡巴佬，胃口大得惊人，什么都可以咽下去，那只舌头鲜红鲜红，像公牛的舌头一样硕大。

相形之下，大王吃起来就没那么贪心。这天晚上他比往常吃得少，几乎滴酒未沾。一次我看见他举起酒杯陷入沉思，凝视着绿绿的酒杯深处，好像想透过它打量这个世界。

其余的人狂喝滥饮。侍从们跑过来奔过去，忙着斟满他们的小酒盏和大酒杯。

焦黄的鲟鱼、鲤鱼和狗鱼盛在巨大的花饰陶盘里被端了上来，其精细的做工赢得了啧啧称赞；大块冻肉卷敷上了蜡饰，根本就看不出来里面是什么东西；还有做成小鹿和牛犊头形的肉馅饼，整只金黄的烤乳猪，用糖和香料烹制而成的鸡鸭、鹌鹑、鹧鸪和苍鹭。最后上来两名小听差，打扮成猎人模样，抬出一只大野猪，猪像其他的食物一样烤得焦黄，嘴里塞满了熊熊燃烧的东西，直蹿出火苗来，闻上去奇臭无比。

穿衣的姑娘，或者如同宁芙①一般未穿衣的，忙跑进来往地板上撒香粉，想去掉那股臭味，可是效果更糟，空气变得窒息难受，有那么一阵子，我差点儿喘不上气来。

伊尔·托罗像是久未尝肉一般要了一大块野猪肉，其他人纷纷接过大片大片深红色的鲜肉。那些肉都还往下滴血，可是他们却说好吃好吃。

他们又开始咀嚼起来，肉汁漫出嘴唇，淌在胡须上，情景十分骇人，这种场面无耻之尤。我总是避免在公共场合吃东西，而且进食的分量也从不超过维持生命的需要量。我对这些张开血盆大口狼吞虎咽的生番越来越感到厌恶，他们整个儿就是一只胃。

同样骇人的还有那头野猪。它被管家大卸八块，从里面割出一片片血淋淋的鲜肉，到最后只剩下一架残骸和几团碎肉。

堂·里卡多用左手进食，有一名用人专门为他割肉。他吃饱喝

---

① 宁芙：希腊神话中生活于山林水泽的裸体仙女。

足，脸上又漾出傻笑，用那只好胳膊端起酒杯不断往嘴里灌。他那身暗红丝绒的装束表达了他的某种情感——他总是为自己的情妇精心打扮。

跟往日相比，堂·里卡多的眼睛显得更加明亮而富于野性，他不时手舞足蹈，背出几行无聊透顶的诗句，向任何听他念诗的人大献殷勤，只是避开王妃。酒一下肚，讴歌爱情和欢乐的诗句就滔滔而出。

每当他注视王妃，她的双眼就闪出光亮，朝他露出神秘的笑容。其他的时候，她就像平常出席宴会时一样坐着，一副心不在焉的样子。有时候他俩自以为无人注意，就互抛媚眼，频送秋波，这时候她的眼睛又潮又亮，淫邪得可怕。我全看在眼里。我从不让这对狗男女逃出我的视线，而他们竟然毫无察觉。他们也想不到我的内心有什么在翻滚。有谁知道这一切？有谁知道我这个侏儒的心灵深处会有什么反应，这颗心有谁接近过？有谁了解侏儒的心，最最封闭的魂灵，就在这魂灵当中生死已经命定？又有谁能识别我的真实身份？好在他们不能，如果他们能，准保会被吓死。如果他们能，脸上的笑容就会凝固，嘴唇就会干瘪发白。哪怕把全世界的美酒都浇下去，它们也别想再变得红润。

难道这世界没有什么酒能让它们再变得红润？难道它们将再也无法绽开笑容？

我同时也注意侍女菲娅梅塔，她虽然不在大王这一桌，但也安排得很体面，比她的实际地位体面多了。她进宫的时间并不长，也不知道为什么，我以前对她未加注意。事实上她美艳惊人，亭亭玉立，年轻而成熟，正是怀春的芳菲年华。她的脸蛋阴沉冷淡，非常傲慢，五官十分匀称，漆黑的眼睛里深藏着亮亮的光。

我发现大王不时心神不定地朝她那边瞅上几眼，好像想弄清楚她那张漠然的脸孔后面究竟隐藏着什么，或者揣摩出她的思绪和感受。她则从不瞧他一眼。

这时大厅里几乎所有的火光都已熄灭，响起了一支让人浑身起鸡皮疙瘩的乐曲。无人知晓这支曲子的由来。

十二名摩尔舞蹈家用牙咬住火炬呼啦一下拥进黑暗中，开始表演一种让人心惊肉跳的疯狂舞蹈。他们忽而把火炬绕着脑袋转成一只火圈，忽而又把火炬抛向空中，然后用闪闪发亮的牙齿接住。这些人玩起火来就像玩什么危险的东西一样，所有的人都死盯着他们，盯着他们那副怪诞凶狠的嘴脸，又着迷又害怕。他们围住两位大王就座的位置，一挥火炬，火星就纷纷扬扬落到桌子上。点着火炬时，可以看见一张张阴沉的脸露出凶相，他们扮成阴间的鬼魂，那些鬼火就是从阴间盗来的。

他们为什么要点燃那些火炬？为什么要用火把引来地狱的火苗？我站着，将自己的苍老的侏儒的脸隐藏在黑暗中，看那些鬼魂跳那种古怪凶恶的舞，那种舞好像由魔鬼在冥冥之中操纵。

仿佛要表明他们从何而来，并且唤起大家对所有人终有一日都将回归的阴曹地府的记忆，舞蹈结束时他们放下火炬，让它们在地下熄灭掉；紧接着那伙人一下子就不见了，好像大地张口把他们咽了下去。

火光重新亮起来之前，空气异常紧张，我这双侏儒的眼在暗夜中比人眼看得更清楚，发现好些客人都用手按住剑柄，好像随时准备应付任何异常情况。

怎么回事？不过就是大王从威尼斯租来供客人们取乐的一班戏子而已嘛。

大厅里重又灯火通明，这时大管家骑着白母马马上又出现在门口，在尖声刺耳的喇叭声中，宣称下一个是当晚最优美的节目："孔雀舞！"五十名仆人从四面八方拥进场内，高高举起缀满宝石的巨大银盘，装扮成许多色彩金黄的开屏孔雀。

所有的人都对这幕情景感到乐不可支，适才被熄灭的火炬和死亡朕兆勾起的那份阴郁，刹那间便消失得无影无踪。这些蠢货就像小孩，一转眼就兴高采烈起来，等到我来露上一手，他们才会知道厉害。

他们像吃其他几道菜那样，把盘子里的东西全都吃个精光，然后又重新上菜，端上来一些徒有其表的鸟儿。我对这些鸟儿深恶痛绝，它们总让我想起人，不过也正是因为如此，人才那么宠爱它们，把它们当作美味。

鸟儿刚被咽进肚里，新的菜肴就接踵而来。这次又是鹌鹑、阉鸡、鹧鸪和水鸭子，还有鲟鱼、鲤鱼以及肥得滴油的鹿肉和牛排，他们只管将各色食物都往肚里塞，直看得我不胜厌恶，最后只想呕吐。

接下来出笼的是糕点、蜜饯和带麝香味的甜食，他们狼吞虎咽，一扫而光，好像整个晚上什么都还没吃。

最后他们又看上了曾被认为美得惊人的希腊神话群雕，把它们大卸八块，分而食之，到头来仅留下一小撮残余，杯盏狼藉的桌子看上去就像是遭到了一伙蛮子的洗劫。我注视着这场浩劫，注视着这伙热汗淋漓的食肉生番，深怀厌恶。

这时仪式总管走了出来，要大家肃静。他宣布下个节目为一出最最精彩的寓言剧，是宫廷的人们奉大王之命创作的，给尊贵的客人们开开心。面黄肌瘦的作家们坐在最下桌，听罢纷纷竖起耳朵，急切而傲慢地盼着上演他们的呕心沥血之作，神态愚蠢至极。剧作的深刻性和象征性据说将把盛宴带至高潮。

玛尔斯①从大厅的一侧进场，身披闪闪发光的盔甲，宣称他已决定迫使两名力大无比的战士，赛里封和凯利克斯特斯，进行一场震撼世界的决斗，并让他们英名永存，但是最重要的是，要让人类明白他这位战争之神的力量和荣耀，明白高贵的血将如何听从他的盼咐而汩汩流淌，勇武的英雄将如何屈从于他的意志而相互厮杀。他最后断言，只要世上还存在勇敢和骑士精神，人们就必须听命于他，而不是其他，说完就下了场。

接着出现两名武士，他们一见面就开始格斗，刀光剑影，上下翻飞，你来我往好几个回合，获得大厅内精于此道者的阵阵喝彩。连我都不得不承认这是两名使剑高手，真是赏心悦目，大饱眼福，斗着斗着两人假装都身负重伤，脚下踉跄不稳，最后一头栽倒气绝身亡。

战神重又出场，滔滔不绝地议论起这场导致他俩英雄般死去的

---

① 玛尔斯：罗马神话中的战神。

决斗，议论起他对人类理性所具有的不可抗拒的影响力，议论起他自己，奥林匹斯^①诸神中最最力大无比者。

战神离开之后，响起了一支舒缓的曲子。没过多久，女神维纳斯^②翩翩而至，后面跟着一队小仙女。她发现了两位伤痕累累的骑士，如她自己所说，他们倒卧在血泊里。同来的仙女们朝他们俯下身子，为这两个如此英俊的男人就这样毫无必要地丢了性命，就这样停止了呼吸而扼腕叹息。就在她们悲叹这一悲惨命运的时候，女主人^③断言肯定是残忍的玛尔斯促使他们进行了这场毫无理性的决斗。众仙女都深有同感，但又提醒她玛尔斯曾经是她的情人，不管怎么说，她曾经满怀圣洁的柔情将他拥抱在怀中。她声称这纯属卑劣的诽谤，司掌爱情的女神怎么可能钟情于那个粗暴蛮横的战神呢。他被众神所憎恶，连他的父亲，伟大的朱庇特^④都不愿见到他。

说完她走上前去，用她的魔杖碰了碰那两名倒下的武士，他们便站了起来，身体完好无损，壮实如初，两人紧紧握手，以示永远和平友好，并且发誓再也不屈从于玛尔斯，再也不挑起事端，陷入血战。

爱神接着就爱发表了感人肺腑的长篇演讲，赞美它是最最温柔最最强大的力量；赞美这种力量充满温情，让生命繁衍不息，使大地万物都顺从于人类；它可以改变人类冥顽粗野的习性，影响君王的行为和百姓的习俗；赞美这力量用骑士精神和宽宏大量来治理

---

① 奥林匹斯：希腊东北部山区名。希腊神话中众神的居所。
② 维纳斯：罗马神话中司掌爱和美的女神。
③ 指维纳斯。
④ 朱庇特：罗马神话中的主神，是诸神和人类的主宰。

这个千疮百孔、血迹斑斑的世界，这要比动辄穷兵黩武、刀枪相见高明得多。她高举魔杖，声言她的万能的神威将征服世界，把世界变成充满爱和永久和平的人间乐园。

如果我这张脸会笑，在听见这番天真烂漫的独白时，我肯定会笑起来。可是这番伤感莫名的滔滔演讲，居然得到众人的交口称颂。在场的好些人听得心醉神迷，大为感动。最后那几个甜滋滋的辞藻说完之后，全场鸦雀无声，一片寂静。

创作这个剧本的那几个文人兴高采烈，显然认为节目之所以如此成功，完全是他们的功劳。但是大家连想都没想到他们。他们认为在一系列庆祝两国皇室签订友好和平条约的活动当中，唯有这幕机智雄辩的寓言剧是最最要紧的节目。可是我觉得接下来发生的事才更要紧呢。

我像平常一样站在大王身后，凭我多年的经验，不用他发话，有时候甚至不用他作出任何表示，我就能猜出他的愿望并予以满足，就好像我是他的一部分一样。

他给了我一个信号，旁人全都无所察觉。他要我去给伊尔·托罗和他的儿子以及他的全体军政要员上酒，上那壶由我单独保管而且唯有我才知道如何酿制而成的美酒。我拿来我的金质大口酒壶，把伊尔·托罗的酒盅斟得满满。

伊尔·托罗甩掉了皮毛光洁的大衣，因为狂喝豪饮，穿它已经太热。他就一式猩红色打扮坐着，矮壮结实，满面放光，脸孔赤红如火焰。绕在公牛脖上的金链纠结在一起，结果成了把他锁住的镣铐。我将他的酒盅斟满至杯沿，他那肥壮的躯体发出一股恶臭，混合着汗味、饱嗝味和熏天的酒气，挨近这么可恶的畜生简直让我作呕。

我心想："莫非还有什么东西比人更可鄙？"又顺着桌子挨个给安排在大王这一桌的他的幕僚、将官和王公贵族斟酒。

我在给乔万尼的金盏注入美酒时，安吉莉卡用她那双愚蠢的蓝色大眼睛看着我，那份呆傻和惊讶跟她小的时候我拒绝与她玩耍时，她瞧我这张皱缩的老脸时的模样一模一样。在我走过去时，我看见她松开了他的手，我还看见她脸色苍白，大概是意识到我已经发现了他们那可耻的小秘密。算她想对了。

我早就深怀憎厌注意到了他俩那种愈来愈狎昵的暧昧关系，更为可耻的是，他们分属两个敌对集团，而且还只是愚昧无知的小孩，却纵容自己深陷于爱情的泥坑。我已经看到他们的脸，因为血脉里的欲火，因为稍稍提起就足可让人翻肠倒胃的性欲而变得绯红。

最最败人胃口的事情，莫过于将愚昧和尤其令人作呕的肉欲相提并论了，还有就是这种年龄的人之间的爱情，更是可鄙可恶。我满心欢喜斟满他的大酒杯，酒杯里还剩有一半酒，但这丝毫也不妨碍我把自己的酒再倒进去。

最后我来到堂·里卡多跟前，将他的酒杯也斟得满满。这本来不是我的任务，但我有我自己的任务。我命令自己给他上酒。

我看见大王注视着我，就镇定自若地迎向他的目光。大王的眼神很奇特。人的眼睛有时就是这种样子，而侏儒的就从来不会这样。他的全部心思好像都浮露表面，满怀恐惧、焦虑和渴望注视着我的一举一动；好像从他的内心深处跑出了一些鬼怪妖魔，在他的眼睛里扭动着细小的身躯，像我这种历经沧桑的生物，就绝不会出这种洋相。我直视他的眼睛，希望他看见我的手是多么沉稳。

我明白他怎么想，但我同时也明白他是位骑士。我可不是什么骑士，不过是骑士的侏儒。他什么也不用说，甚至在他自己想明白之前，我就能猜出他的想法，执行他最最无言的命令，就好像我是他的一部分。身边有这么一个可以完成各种使命的小杀手，那当然是再好不过的事情啰。

我往堂·里卡多的空空的酒杯里倒酒时，他正仰身浪笑，胡子翘得高高，嘴巴像火山口一样张开，露出一颗颗白白的大牙。我连他的喉咙管都能看清楚。我已经提到过我讨厌人笑，而这个声称"热爱生活"，认为生活其乐无穷，因而时时放声浪笑的白痴，笑起来的模样尤其让人作呕。

他的牙床和嘴唇又湿又黏，泪水从眼角积满眼屎的泪腺漫溢出来，棕黄的眼睛莫名其妙地闪闪发光，眼角处辐射出细细的血丝，喉结在须楂儿粗短的下巴下面上下跳动。他的左手戴着一只红宝石戒指，我认出那正是有一次他生病时王妃送给他的那只，而且是由我昧着良心用她的一封肉麻的情书包好交给他的。跟他相关的每一件事都让我作呕。

我不知道他在笑什么，不过也无所谓，因为我肯定会发现其实一点也不好笑。管他的呢，反正他以后再也甭想笑了。

我的任务完成啦。我站在这个婊子养的快乐白痴旁边，闻着从他身上和那件炫耀情欲的深红丝绒外衣上散发出的恶臭，注视着事态的进一步发展。

我的大王高举碧绿的酒杯，含笑注视着尊贵的客人们，注视着罗多维柯·蒙坦扎和桌子四周的他的随从，但主要还是注视着坐在他对面的伊尔·托罗。他那张苍白而贵族气十足的脸显得文雅而高贵，跟其他那些热烘烘胖乎乎的脸迥然有别。

他用浑厚而又彬彬有礼的声音建议，为两国、两国皇室和两国人民之间的永久的和平干杯。毫无意义但又遥遥无期的战斗已经结束，新纪元将给我们大家带来和平与繁荣。世界大同富足安康的古老梦想终于得以实现。

说完他一饮而尽，尊贵的客人们也都在庄严的气氛中喝干了自己金杯里的酒。

喝完酒，大王依然手持酒杯，漫不经心的目光似乎透过酒杯扫向世界。

四周又开始响起轻快的欢声笑语，我拿不准笑声还将持续多长时间；那种玩意儿很难把握，你算不准它何时会发作。我又兴奋又紧张，那份激动难以诉诸笔墨，同时我又非常恼火，因为乔万尼碰都没碰他那杯酒。

我很气愤地看见安吉莉卡温柔一笑，把那杯酒挪到她自己面前，装出她要喝的样子。我原先估计他们两人都会喝，因为他俩正陷于痴迷状态，当然会乐意同饮一杯酒。可是两个人居然都没去尝一口。可能那该死的小女孩起了疑心，也可能他俩相互钟情，不饮自醉，已无暇顾及喝不喝酒。我感到仇恨满腔。他们为什么不死？真他妈的见鬼！

而堂·里卡多则一口气就把那杯酒咕噜咕噜灌进了肚里，他为王妃喝干了他的最后一杯酒，像往常一样朝他的心上人微笑致意。他最后一次用无用的右臂作出诙谐的手势，左手端起我为他斟满的那杯奠酒①，脸上浮过钟情而愚蠢的一笑。她回报给他微笑，先是有点儿调皮，继而眼睛里闪烁出我感到极为厌恶的缠绵的情欲。我无法想象还有谁能表达出他眼里的那种神情。

突然，只听伊尔·托罗嚎叫一声，就见他两眼发直，呆呆地注视着前方。同坐一桌的两名随从慌忙想去扶他，但自己也开始趔趄起来，刚摸着桌子边沿便跌回座位上，疼得捂住肚子，不断哼哼有毒有毒。绝大多数人都没有听见，但有一个人的毒性还未发作，就朝整间屋子大喊：

"有毒！有毒！"

所有的人都被吓了一跳，立刻乱作一团。

伊尔·托罗的部下一跃而起，手执出鞘的利剑和其他兵器扑向中央餐桌，攻击我军官兵，企图冲向大王。大王的卫士们奋力抵抗，于是展开了一场可怕的混战。

双方都死伤惨重，血流成河。室内成了战场，喝得醉醺醺的红脸战士在翻倒的桌椅间格斗，刚才他们还和平共处，并肩而坐，转眼就成死敌，相互厮杀。

四面八方都传来惨叫声，淹没了垂死者的呻吟。各种诅咒声不绝于耳，一时间什么妖魔鬼怪都被召到这个罪孽深重的地方来。

----

① 奠酒：指宗教仪式中泼洒在地上以示祭祀神或死者的酒。

我爬上一把座椅，这样可以把周围的景象看得更清楚。好壮观啊，目睹我的杰作，我心潮奔涌，热血沸腾：将这个可鄙的种类斩尽杀绝，这正是他们应得的报应。我看见我的利剑高悬于他们头顶，毫不怜悯地左右驰骋，格杀勿论，报仇雪恨。看我怎样把他们驱赶进永恒的地狱之火！让他们被烈焰煎熬，永生永世！把这些自称为人的无比可恶的畜生统统烧死！

他们干吗要活下来？干吗要狂喝滥饮，寻欢纵乐，在大地上蔓延滋生？这些满嘴谎言的伪君子，这些夸夸吹牛的假绅士，这些品性比罪恶更败坏的无耻淫荡之徒，干吗还要活下来？让地狱之火烧死他们！

我觉得自己就是撒旦①，被午夜麇集的阴间鬼魂所坏绕，鬼魂面目狰狞，张牙舞爪，将依然滚烫发臭的灵魂从那些人躯体内掏出来，扔进阴曹地府。我感到自己刹那间的力量要比原先想象的强大得多，它是如此震撼人心，我几乎因此而失去知觉。我感到这世界正是因为我，才充满了恐惧和死亡，正是因为我，一场盛宴结果变成了一片可怖的废墟。我酿制了这罐酒，而那些王公贵族呢，就抱肚打滚，呕血毙命。我端上我的药，酒肉旁那些尊贵的客人就面色惨白，再也笑不起来，再也喝不起来，再也说不出关于爱情关于生命欢乐的屁话来。

喝了我的酒，他们就眼神黯淡，灵魂出窍，再也记不得生活是多么美生活是多么妙。我吹灭了他们眼中的光，世界当然就一片黑

①　撒旦：基督教中魔鬼的别名，专与上帝为敌。另有一种说法认为撒旦也是上帝的使者之一，经上帝许可后专门从事考验人的活动。

暗。我把这伙盲人领来吃我的圣餐，喝我的毒血，这血于我是家常便饭，而他们才尝了一口就魂归西天，命丧黄泉。

伊尔·托罗一动不动地坐着，脸色发蓝，胡髭稀疏的下巴耷拉下来，露出一排黄牙，好像想咬谁一口似的。他的模样非常吓人，眼珠鼓胀，眼窝血红。粗粗的脖子忽然一阵痉挛，颈椎似乎脱臼，笨重的脑袋接着就偏歪至一旁。与此同时他那公牛般矮壮的身体弯了下去，犹如被刺了一刀似的一阵抽动——随后便没气了。

这时候坐在大王这一桌的他的所有随从，一个个都鬼哭狼嚎，发出惨叫，没过多久也全都人仰马翻断了气。

堂·里卡多呢，他临死时眼睛半睁，背靠座椅，仿佛还在痛饮我的美酒，就跟平日尝到上等佳酿时喝得一样多。他忽然双臂一摊，好像想拥抱整个世界似的，朝后一仰，便死了。

混战当中无人顾及那些奄奄一息的垂死者，他们只好自行死去。唯有乔万尼慌忙奔向他父亲，俯身去看他那可怕的身躯，大概还以为自己能够救他吧。他跟伊尔·托罗坐在一侧，由于那个该死的小姑娘，结果他没有喝我奉上的醇酒。就在那个老混蛋刚刚咽气的时候，一个胳膊如铁匠一般结实的粗壮大汉挤过来，一把将那男孩抓住，像托起一片羽毛似的挟住他穿过大厅。那个胆小鬼就这样被人救走，得以逃之夭夭。真是他妈的见鬼！

桌椅全被掀翻，美味佳肴满地都是，任由那些杀得性起的武士践踏。女人们尖声乱叫，四下逃窜，可是在空无一人的大厅中央，我看见王妃怔怔地站在那儿，眼神呆滞，面无表情。她的脸色灰白灰白，跟残留在徐娘半老的面颊上的脂粉恰成滑稽的对比。有几个仆人去把她领出险境,她茫然无措地跟着他们,好像根本就不知道自己身处何地,也不明白他们将带她去往哪里。

伊尔·托罗的官兵虽然在数量上居于劣势,但依然挥舞有限的兵器,且战且退,逃向门口。格斗在楼梯上继续,敌军后来又被追杀至院子里。在这里,苦于招架的敌人得到了从杰拉尔蒂宫赶来的蒙坦扎卫队的增援,在后者的掩护下,他们得以逃出城去。要不是这样的话,他们毫无疑问将被收拾得干干净净,一个不剩。

我孤零零一个站在空空荡荡的大厅里,所有的烛台都已翻倒在地,里面一片昏黑。唯有那些衣衫褴褛、饿得半死的叫花子,手执火炬在死尸中间爬来爬去,搜寻残剩的面包和肮脏的菜肴,以惊人的速度往肚子里吞咽,同时还尽可能多地往自己的破衣烂衫里塞藏银器。后来他们判定再待下去恐有不测,就扔掉火把,光脚携带赃物逃之夭夭,于是屋子里只剩下我孤零零一个。我泰然自若地环顾四周,陷入沉思。

濒临死灭的火炬闪烁着微弱的火光,照亮了敌我双方的累累尸骸,他们倒伏在血迹斑斑的石地上,与血染的餐布和踩得稀烂的残羹剩菜混杂在一起。身上的节日盛装脏烂不堪,惨白的脸依然扭曲并呈现出邪恶,因为格斗时内心充满了杀机。我站着,用我这双饱经沧桑的眼睛环顾四方。

兄弟般的爱。永久的和平。

这些生番是多么喜欢用美丽而夸张的辞藻来谈论他们自己和他们的世界啊!

第二天一早，我像往常一样来到王妃的卧室守候她，她仰卧在床上，眼神空洞，嘴唇干枯。她的嘴闭得紧紧的，好像再也不会张开，头发松松垮垮，盘成一个没有光泽的髻，垂落在皱巴巴的枕头上，双手有气无力地搭在被单上。虽然我就站在房间中央看着她，等候她的吩咐，但她似乎并没有注意到我。我可以尽情地端详她。脂粉犹在，成为那场盛宴的唯一标志；皮肤干瘪憔悴，脖子上爬满了皱纹，已不再能见昔日的圆润。一度会说话的双眼茫然无神，所有的丰采都荡然无存。你简直不敢相信，她曾经很美丽，曾经被人钟情，被人拥抱在怀里。哪怕就那么想一想都会觉得很怪。她终究不过是一个躺在床上的丑妇人而已。

第五十章

朝廷上下同声哀悼它的弄臣①。葬礼于今天举行。全城所有的王室成员、骑士和贵族都尾随于他身后，当然还有他的那些部下，他们倒是真的为他伤心，因为为这样一位放浪形骸、不拘小节的主人效力，他们确实感到称心如意。送葬队伍从马路上走过时，人们张大嘴驻足观看，据说这些可怜的畜生都挺喜欢那只调皮猴。

说来也怪，这号人居然对他们具有吸引力。他们忍饥挨饿，却对别人的风流韵事津津乐道。据说这些人对他的所有的恶作剧和赢得满堂喝彩的俏皮话都了如指掌，在他府宅四周脏兮兮的贫民区里传为美谈，现在他又给他们平添一份欢乐，让他们参加他的富丽堂皇的葬礼。

大王走在送葬队伍的前头，垂着悲痛欲绝的头。无论他扮演什么角色，总是得心应手。当然也可能说不上是什么得心应手，因为深藏不露是他的天性。

谁也不敢说一个字。宫里宫外流言纷纷，但都无足轻重。据说

---

① 指堂·里卡多。

这纯属误会：堂·里卡多偶然误饮了为那些尊贵的客人准备的毒酒。他嗜酒如命，这是众所周知的事情，因而理所当然只能由他自己为他自己的悲剧性结局承担责任。大家都相信他在酒桌上很有可能做出那种事情来。至于蒙坦扎和他那班人马中毒身亡，则是让人皆大欢喜的好事。

王妃没有参加葬礼。她依然一动不动地躺着，神思遥远，拒绝进食。确切地说，她也没有拒绝，因为她根本就没开口说话，但是别人也没法子把什么东西塞进她嘴里。那个傻乎乎的丫鬟忙得晕头转向，眼睛红红的，不住地长吁短叹，用手绢儿抹自己那张灰白的胖脸。

无人怀疑我，因为无人知晓我是谁。

第五十一章

也有可能他的确为他感到悲伤，因为对一个像他这样的人来说，这并非不可能的事。我猜想他乐于做出悲伤的样子，而且觉得这样做既高贵又得体。表现出具有骑士风度的无私的哀伤，总归是一件高尚而为人称道的事情吧。况且他还非常依赖于他，即使他希望他死。现在他果然死了，他比以往任何时候都更想念他。先前总有一些什么因素困扰着他对他这位朋友的感情，现在一切都已不复存在。现在他感到自己比以往任何时候都更珍爱他。①

人人都在谈论堂·里卡多，谈他的长相，谈他的生与死，谈他说过些什么以及在这种或者那种场合表现得多么出色，说他是一位多么棒的骑士，是一个多么快活多么勇敢的男人，等等。他似乎比以往更栩栩如生，不过人一死总是这么回事。这不过是最后一次记得他而已。

可是他们居然说人们将永远怀念他。他们把他说得完美动人，神乎其神，以为这样就可以让他永远栩栩如生。他们对死亡极为反

---

① 这一段中的两个"他"，分别指大王和堂·里卡多。

感，特别害怕自己沾上边儿。他的神话纯系捏造，所有了解那个浪荡哥儿，了解那个愚蠢小丑底细的人，都会对这种结果感到吃惊。事情从头到尾全是谎言，但是他们一点也不因此感到难堪。在他们看来，他就是快乐的化身，他就是诗的化身，他就是上帝才知道的什么玩意儿的化身。现在他们再也听不见他那种马般的浪笑了，世界因此也变了样子。他那些诙谐的恶作剧再也见不着了，人们为这份损失，为他身后留下的这份空虚感到不胜悲伤。他们确实乐于哀悼他。

大王极其大度地参加了这项伤感的活动。他若有所思地倾听赞美词，不时也说上那么一两句，那些句子由他说出来，显得格外美丽动人。可是另一方面，我又情不自禁地设想，他对他的小杀手，他的小刺客，一定很满意，虽然他并没有表示出来。他从来没有跟我提起过这件事，既没有表扬也没有责备。做君王的只要不乐意，就可以不理睬他的奴仆。

他躲着我。在干了诸如此类的事情之后，他总是这样。

王妃没有流露出任何悲伤。我不知道这该作何种解释。也许这意味着她对他感到深深的哀痛。但她只是瞪着眼，躺在那儿。

我是她心碎的原因。如果她感到绝望，那是因为我。如果她形容憔悴，跟以前判若两人，那是因为我。如果她云鬓不整，不再梳妆，躺在那儿活脱一个黄脸婆，那还是因为我。

我从来没有想到，自己竟然对她拥有这等支配力量。

第五十二章

这次谋杀使大王声名大噪。人人都说他英明伟大。他以前从来没有这样征服过敌人，也从来没有赢得过这样的爱戴。我们为他深感骄傲，都觉得他表现出了非凡的智慧和力量。

也有人觉得下这样的毒手恐怕不妥，他们说已有某种人难临头的预感。可是天下之大，什么人没有呢。只要他的身影一出现，绝大多数人都兴高采烈，欢呼雀跃。一位君王如果毫不手软，富于决断，那他肯定可以赢得民心。

人民现在盼望着一个真正和平欢乐的时代的到来。他们认为除掉了邻国的那些祸根之后，就再也不会有谁来破坏他们的幸福。

他们什么也不想，只想着自己的幸福。

我心想不知大王现在又在酝酿什么宏伟计划，是不是又准备杀向敌人，直捣他们的都城，让敌人俯首称臣。既然敌酋大多已魂归西天，要做到这一点并不费事。至于那个黄毛孩子乔万尼，则根本不必放在眼里，他不会给我们造成多少麻烦——一有风吹草动，那个胆小鬼还不溜之大吉。应该把他抓起来，告诉他男人应该是什么样。

显然他准备收获这次谋杀结出的丰硕果实，否则就将毫无意义。没点收获，他怎么能满足呢。正所谓种瓜的要得瓜，种豆的要得豆。

　　出现了一些可笑的谣言，说是蒙坦扎人在愤怒中拿起了武器，发誓要为他们的大王及其随从报仇雪恨。当然那不过是说说而已。谁能相信他们会拿起武器为那样一位昏君报仇雪恨呢；即使他们想这样做，也无能为力。一个失去领头人的民族不过是一群可怜的羔羊。

第五十三章

　　说是小乔万尼的一个叔叔就任指挥官，还说发誓报仇的就是他。这倒是有点可能。老百姓才不会为他们的君王报什么仇呢，他们干吗做这种傻事？在哪个君王统治下过日子不是一回事呢，他们应该为除掉一位暴君感到庆幸才是嘛。

　　据说他跟伊尔·托罗是手足兄弟，但一直未被允许担当要职。那人名叫伊尔科·蒙坦扎，据说为人奸诈，但没有带过兵。据他自己的说法，他执掌大权是为了拯救国家于危难之中，与此同时他还提出年幼的王位继承人要做一国之主还太羸弱，而他自己具有蒙坦扎血统，因此由他来统治较为合适。这就更有可能啦。这世界上发生的事情往往大同小异。

　　我的预言得到了应验，那个长着一双鹿眼，胸口挂着小宝盒的年轻人，命中注定永远坐不上王位。

第五十四章

　　为复仇而集结起来的敌军人数相当可观，而且已经沿河谷漫进我国领土。博卡洛萨打头，一同扑来的还有他手下为新的蒙坦扎卖命的雇佣兵们，作为交换，报酬是我们大王支付的两倍。他们一路烧杀，一路掳掠，目的就是要把别人置于死地。

　　我军将领连忙组织兵力进行反击，城里一时间又挤满了开赴前线重操旧业的战士们。

　　而大王却无所事事。

　　我军兵力非常有限，因为在上次大战中伤亡极为惨重，要想征到足够多能派上用场的，多少知道在枪林弹雨中应当如何动作的男人很不容易。尽管这样，我们还是把所剩无几的兵力统统搜刮起来，数量应当与蒙坦扎的兵力不相上下，因为他们也遭受重创，元气大伤。我军士气已经大不如前，但将士们欣然从命，意识到这场大战不可避免。他们明白必须接受命运，明白活着并不仅仅意味着享乐。

侵略者正朝都城逼来，所有的抵抗都未能奏效。我军无法据守，最终总是退却。战报全都令人沮丧而心烦，老是提到退却和损失。

敌人一路实行焦土政策，路过的村庄全被洗劫一空，见房就烧，见人就杀。牲畜都被屠宰烘烤，吃不完就装上马车拉走，供明天食用。稻田都被纵火焚烧。这下博卡洛萨的军团可算是大显身手了，所到之处生灵涂炭，无人生还。

逃难的人流从后门涌进城内，手推车上堆满了奇奇怪怪的物品，锅碗瓢盆，脏被子烂衣服，以及各种各样荒唐可笑、一文不值的破烂玩意儿。还有的人揪住畜生的角，拖着一头羊或者一头可怜巴巴的母牛，显得非常惊慌。没有人叫他们来，也不清楚他们为何而来。这些人就露宿街头，伴着自己的家畜，城里简直成了脏兮兮的集市，一挨近他们就能闻到熏天的臭气。

我军毫无作为，只是一味退却。我不清楚敌军的确切位置，但是据说距都城已经不远，战报是如此含糊其词，老是让你琢磨不透。情况通常是这样，说我军正在抗击敌人时，其实是在退却，说我军正在据壕坚守，而实际上已经被迫撤离。难民潮依然汹涌而来，城里到处都充满了他们的牛羊、破衣烂衫和悲惨的故事。

一场莫名其妙的战争！

第五十五章

其实我深知大王为何如此漠然，为何愿意把事情全交由部下去处理。他对防守战术不感兴趣，觉得它们没劲。他跟我一样——喜欢主动出击。我们的战术就是进攻。保卫自己实在毫无乐趣可言，既不光彩也不激动人心，只有漫无尽头的单调乏味。这样有什么意思？那种无聊简直无法用语言来形容。谁愿意落到这种地步呢。这是一场令人生厌的战争。

站在城墙上放眼望去，蒙坦扎－博卡洛萨联军已遥遥可见。今天夜晚我从侏儒住宅的窗户望出去，但见他们的营火在原野上飘忽闪烁。黑暗中的这幕景象非常迷人。

那些雇佣兵围着营火喋喋不休地吹嘘白日的战绩时，我甚至都能看清楚他们的脸。他们往火堆里扔几根橄榄树枝，身影就在跳荡的火苗映衬下变得明晰起来。那是一些用自己的双手掌握命运的人，他们从不对未来怀有永恒的焦虑。那些人在任何国家都可以燃起自己的篝火，并不担心由谁来供养他们。他们为哪个君王卖命都无所谓——而实际上他们为之卖命的是他们自己。疲困时就在暗夜中摊开四肢，养精蓄锐只为明日又开杀戒。他们是一群无家可归的人，然而整个世界归他们所有。

这是一个美丽的夜晚。从山谷间吹来阵阵秋天的风，清新而凉爽，群星也一定熠熠闪亮。我久久端坐于窗前，遥望那些数不清的篝火。我也该好好睡一觉了。

奇怪的是，我能看清那么遥远的篝火，却看不见群星。我一直都看不见。我的双眼是跟其他人的不一样，但是并没有毛病，因为我可以非常清楚地辨认大地上的任何东西。

第五十六章

我经常回忆博卡洛萨，连他的长相都能描摹出来，那份高大，那份巨大，那张麻麻点点的脸，那只巨兽般的下巴，还有那双眼睛深处的凝视。再就是他胸铠上的那个狮子头，那只猛兽狞笑着朝世间万物伸出巨舌。

我军官兵在进行了一场恶战之后撤回城内，战斗就发生在护墙外边。那真是一场血战，夺去了好几百名我军战士的性命，还不算那些伤兵呢，他们爬进城内，或者被妇女们拖回来，据说她们出城是想到战场上寻找自己的夫君和儿子。

战士们放弃抵抗撤进护墙后，处境极为悲惨。他们回来后，本来就已拥挤不堪的城内变得一片混乱，挤满了士兵、伤员和成千上万从乡村逃来的难民。世界全乱套了，气氛格外苍凉。虽然夜晚已开始转冷，但人群都露宿街头，就是在白天，你也能绊着疲困不堪的昏睡者，还有就是伤兵，尽管他们扎着绷带，却没有任何人加以理睬。

局势绝望透顶。即将到来的围困，敌军已将这座城池团团围住这个事实，都丝毫无法使人们振作起精神。

抵抗博卡洛萨这种人是否值得？私下里，我对这场战争的胜利不抱希望。

可是他们却说要为保卫这座城市流尽最后一滴血，还说城防工事固若金汤，足可长期坚守，甚至说是不可攻破，等等。不过哪座城池被攻破前不都是这样吹嘘的呢。对于这种所谓不可攻破，我自有我自己的看法。

大王如梦初醒，开始掌管城防指挥权。他现在很不得人心，走到哪里都不见有人喝彩。老百姓认为毒死蒙坦扎及其随从纯属疯人之举，除了带来更多的战争和苦难，别无好处。

王妃的病情有所好转，开始吃一点东西了，可是她已经完全不再是原来的那个她。她变得更瘦，一度光洁丰腴的脸上皮肤灰暗枯干。她确实已经完全憔悴了。衣服挂在她身上，好像是为别人做的，全身上下一片漆黑。说起话来，声音低若耳语。她的嘴仍旧干瘪，消瘦改变了她的容貌，眼窝深凹下去，那双眼却是亮得极不自然。

她跪在耶稣受难像前，一连好几个小时不住祈祷，直到双膝疼痛发麻，几乎连站都站不起来。我当然不清楚她祈祷些什么，可是既然她日复一日都这样做，可见那些祈祷并没有得到回音。

她从未走出过自己的房间。

第五十七章

据说梅斯特罗·伯纳多要来帮助大王加固防御工事，而且还要造出若干装置来护卫这座城池。报告说这项工作正夜以继日地全力进行。

对梅斯特罗·伯纳多的工艺技术，我极为信服，但我并不认为他有多少机会能与博卡洛萨对抗。这位老先生固然堪称人杰，思想与学问包罗万象，囊括天地；毫无疑问，他具有呼风唤雨的本领，能使大自然的种种力量不得不听命于他。

但是在我看来，博卡洛萨本身似乎就是那些力量当中的一种，它们为他所用实乃顺从天意，是理所当然的事情。我认为他更接近自然。

伯纳多是个反复无常的人，他那孤傲的秉性总让我心里很不踏实。

我觉得这将是一场不公平的较量。

如果你看见他们比肩而立，长着哲人额头的伯纳多和生就雄狮大口的博卡洛萨站在一起，那么谁更强大有力是一目了然的。

第五十八章

城里的粮食开始出现短缺。宫里当然感觉不出来，可是据说老百姓在挨饿。其实这并不奇怪，这么多的人拥挤在这里，却又无事可干，不挨饿才怪呢。难民愈来愈让人讨厌，自然而然被当作食品短缺的根源。他们成了城里人的负担。

最让人伤脑筋的是他们那些哭哭啼啼的脏小孩，他们四处乞讨，据说一有机会就行窃。面包每星期分发两次，但是分量极少，因为谁也没有想到城市会遭围困，没有贮存粮食，况且粮仓本来就很小。食品很快就将告罄。

那些牵着一头牛或一只羊，靠喝奶苟延残喘的难民，开始宰杀皮包骨头濒临饿死的牲畜，用牲口肉维持生命，并换取面粉和其他生活必需品。他们已经一无所有，而城里人却断定他们把肉藏了起来，其实过得比他们还好。我倒是不信此说，因为那伙人看上去不像是那样。他们瘦弱憔悴，一看就知道营养不良。

这并不是说我对那伙人起了怜悯之心。我跟城市居民一样对他们深怀厌恶。他们像所有的乡巴佬一样愚昧，大多数时间都只是坐着发呆。那些人跟圈外人不相往来，依照各自的村落拉帮结伙，老是聚集成肮脏的一堆，在广场的一角摆满了破烂，把那儿当成自己的家。到了夜晚，如果能找到柴火，他们就围坐于篝火旁，叽里咕噜地讲起愚蠢的家乡话，一个字你也听不懂，即使能听懂也毫无意思。

这伙在广场和大街上安营扎寨的人，倒出的垃圾污物臭不可闻。我自己特别讲究整洁，对周围任何令人不快的东西都极为敏感，因此那份污秽让我实在难以忍受。许多人都知道，我对人屎及其气味具有病态的敏感。这些原始动物跟他们豢养的畜生一样，到处拉屎撒尿。那份卑贱简直无法用语言来形容。空气中充满了恶臭，街道和广场的状况是如此令人作呕，我一般都尽量避免到城里去。由于王妃的不同寻常的变化，由于堂·里卡多死得正是时候，我现在用不着再去传递什么信息了。

所有那些无家可归的人夜晚都露天而宿，他们裹着破衣烂衫不可能睡得舒适，因为一个异常严酷的寒冬已经来临。据说有的人早晨被发现已经冻死，那些人骨瘦如柴，别的人都起来了，但他们依旧保持俯卧姿态，凑近细看才发现已经断气。其实他们与其说是死于寒冷，不如说是死于饥饿，因为死者都是缺乏体温和耐力的上了年岁的人。无人在乎他们死去；对于别的人来说，他们只不过是负担而已，城里的人实在太多太多。

博卡洛萨的人马却是不愁吃不愁穿。整个国家都大门敞开，任其蹂躏。他们杀入纵深地带，大肆劫掠搜刮给养。一旦搜刮干净，就纵火将村寨化为灰烬，黄昏的时候，你常常可以看见天边闪烁着遥遥的火光。周围的地区已经饱受摧残。

让人感到奇怪的是，他们还没有对城池发起攻击。我为此感到非常惊奇，因为这座城市不过是一只唾手可得的猎物。可能他们认为把它饿垮更划得来；一旦把乡村抢劫一空，谁也抗不住对城市的围困。

第五十九章

安吉莉卡无精打采地四处闲逛，一副懒洋洋的样子，而以前她至少还绣绣花打发时光。她不时下到河边，坐在那儿喂食天鹅，或者呆呆地望着河水缓缓流淌。有的时候她整夜伫立窗前，凝视着敌人的营帐、篝火和满目苍凉的原野。我猜想她一定触景生情，想起了她的王子①。

人坠入情网时显得极其愚蠢，尤其是爱而无望的时候。他们脸上的表情变得特别痴呆，我实在不明白怎么有人说爱情会让人显得更加美丽呢。她的眼睛，这样说吧，比任何时候都更加空洞，更加呆傻，脸蛋儿苍白无血，跟宴会时的样子大不相同。可是她的嘴巴却好像变大了，双唇鼓鼓胀胀的，显然她已不再是个孩子。

或许唯有我才知道她那罪恶的小秘密。

出乎我的意料，王妃今天问我是否认为基督恨她。我老老实实地回答说对此一无所知。她睁着灼人的眼睛注视我，似乎非常忧

---

① 指乔万尼。

伤。但是他①肯定恨她，因为他从未让她安宁过，他恨她是因为她所有那些罪。我觉得极有可能是这样，于是就说了出来。

我为她着想这件事本身使她的心情有所平静，她坐进椅子里，深深地叹息了一声。我有点茫然，不知该做什么，因为通常她对我并没有什么吩咐。过了一会儿，我问她我是否可以走了，她回答说她无权决定，但同时又求助似的望着我，好像要我帮帮她。我感到这种气氛很不舒服，就走了出去。等我走到门口，她猛然在耶稣受难像前跪了下来，开始绝望地念叨起她的祷词，用细瘦的手指掐住那串念珠。

这幕情景让我感到十分困惑。这个老贱货到底怎么啦？

---

① 此节及第六十章中的"他"均指耶稣。原文为大写。

第六十章

　　看得出来她的确相信他恨她。今天她又提起了这个话题。她说她所有的祈祷都归于徒劳，因为他依然拒绝宽恕她。他拒不倾听她的哀诉，拒不承认她的存在，只是让她一刻也不得安宁。这一切实在太可怕了，她感到实在无法忍受。我说我觉得她可以去求助她的忏悔神父嘛，他对她的心灵苦难总是那么富于同情和谅解。她摇摇头；她已经向他求助过了，但是他帮不上什么忙。他一点也不理解她，认为她并无罪过。我对那个自命不凡的苦行僧的这种说法付之一笑。

　　后来她问我对她怎么看。我说我觉得她是一个荡妇，我说我相信她属于命中注定要永远被地狱之火烧烤的那类人。听我这样说，她扑通一声在我面前跪下来，双手紧紧绞在一起，直绞得指关节发白，不住地发出哦哦呻吟，哀求我怜悯她，解救她的苦难。我任由她在我脚下缩成一团，一方面是因为我根本就不想理睬她，另一方面是因为我认为，她受苦受难实属罪有应得。

　　她捉住我的一只手，让滚滚的泪水滴落在它上面，甚至还想去吻它。但我把手抽了回来，不想让她干那号事。这一来她哭得更加厉害，似乎处于焦虑而绝望无助的境地。

"交代你的罪！"我说了一句，意识到自己脸上的表情非常严峻。

于是她开始交代她的罪，她的放荡生活，她被魔鬼挑起的欲望所驱使而与各色男人的无法无天的私通，还有她抵不住魔鬼的诱惑从中得到的淫欢浪乐。我逼迫她讲出罪恶的细节、罪恶产生的可怕快感以及她与之有过罪恶关系的那些男人的名字。她顺从了我的全部要求，向我描绘了她那可耻生活的可怕图景。但她独独不提堂·里卡多，我提醒她注意这一点。她大惑不解地盯着我，似乎不明白我的意思。莫非这也是罪？我告诉她这恰恰是最最骇人的罪。

这样说她似乎一点都不明白，她迷惑地看着我，还带点疑虑。我看得出来她开始思索我说的话，这种观念于她是如此陌生，她越想就越是显得不安。我问她是不是最最爱他。

"是的。"她悄声说，声音低得简直就听不见，说着又啜泣起来，但这次跟以往不同，却与大多数人的哭相挺像。她哭得那么久，我实在懒得看下去，就对她说我得走了。她又绝望又哀求地瞧着我，说难道我就不可以给她一点安慰吗，她怎样才能让基督怜悯她呢？我回答说她问这种问题实在是过于放肆，她既然犯下了那么多罪行，如果救世主拒绝倾听她的祈祷，那也是自然而然的事。他被钉死在十字架上，并不是要为像她这样的人赎罪。

她老老实实地听着，还说她也有同感。她根本就不值得他倾听。跪在他的受难像前祈祷时，她在内心深处已经意识到了这一点。她坐下来，不住抽泣，但比先前平静了些，把自己说成是人类当中最最堕落的人，还说她永远也无法获得神的赦免。

"我爱过许多许多人，"她说，"可是我没有爱过上帝和他的儿子，因此活该受到这样的惩罚。"

说完她又对我的好意表示谢意。能够进行忏悔总归是一大宽慰，尽管她自己也知道，她别希望获得赦免。这是她头一次可以尽情哭泣。

我走开了，由她坐在那里，眼圈红红的，头发乱蓬蓬如破败的鸟巢。

第六十一章

　　大王抽出许多时间跟菲娅梅塔泡在一起。晚饭后他俩时常单独相处，我不得不留下来侍候他们。以前他跟王妃这样相处过，但是次数不多。菲娅梅塔是另一种风味，她冷漠，文静，可望而不可即，活脱脱一个冰美人。她那张深色的脸是我所见过的最最无情的女人的脸，假如没有一点爱心，你会发现那上面毫无柔情。那对熠熠闪亮的墨黑的眼睛里，透着一股不可抵挡的力量。

　　我猜想她过于拘谨，对恋爱缺少热情，但又极为挑剔，要求那些她屈尊就爱的男人对她百依百顺。也许大王就喜欢她这一点，情愿加以容忍。据我所知，在恋爱当中，冷漠跟热烈一样，也别具一番风味。

　　跟其他人不一样，我个人对她并无反感。她把用人们视作草芥，他们对此很不习惯，说她又不是女主人，不过是个小妾罢了。她似乎并不把宫中的其他女人放在眼里，我倒是觉得她从来也不曾看重过谁，她又何曾把谁放在眼里过呢。看起来这不像是那种平平常常的傲慢，而更像是一种与生俱来的优越感。那些人自然要生气啦，但他们也只是敢怒不敢言，因为要是夫人 ① 哪一天不再回到这里，那么取而代之的很可能就是菲娅梅塔。

宫里的人都说她富于勃勃野心，说她像鱼一样冷血无情，说她的手段特别卑鄙。我不明白他们这样说是什么意思，因为跟其余那些拥有这种恶名的人不一样，她看上去并不鄙俗。

大王自然是为她着迷，在她面前总是妙语连珠，一派绅士风度，其他的时候他却是烦躁不安的样子，神经兮兮的，动不动就大发雷霆，有时候还殴打用人，甚至连幕僚都挨过他的揍。以前他不是这种样子。都说他对事态的发展极为恼火，对百姓对他的不满忧心忡忡，他已经不再那么得人心了。饥民们拥到城堡的窗户下面吵吵嚷嚷要面包时，他的心情特别恶劣。

我觉得一位君王根本没有必要去理睬周围那些乱民贼子的无理要求，他们总是会吵吵嚷嚷地要这要那。如果人家嚷嚷的事情你都去理睬，那可够你忙乎的呢。

据说他把那个宫廷老星相师尼克戴穆斯以及另外几个胡子长长的人秘密鞭笞了一顿，就因为他们那好得不能再好的预言。这未必不可能。他父亲就干过这类事，不同的是那时候他们的预言有悖于他的愿望。

读懂那些星星可不容易，要想从中读出讨人欢心的字句更非易事。

----

① 即王妃。

第六十二章

　　城里的局势越来越糟糕，跟闹饥荒几近相同。每天都有许多人死于饥饿，或者死于饥寒交迫，很难分清楚究竟是死于何种原因。大街和广场上遍地都是倒卧不起，对周围的一切反应淡漠的人。另外一些人四处游荡，满面憔悴，想找到点吃的，或者至少找点什么东西充充饥。猫狗和老鼠都遭到围捕，被当成美味佳肴。围城之初老鼠是难民营地的一大祸害，那里的垃圾堆对它们极具诱惑力，但是现在它们可成了人人垂涎的好菜。不过它们的数量愈来愈少，好像是得了什么病，到处都是鼠尸，让好吃的人们大为失望。

　　耗子们当然无法跟这样的人们平安相处，对此我并不惊奇。

第六十三章

发生了一件令人惊奇的事。我将试着平心静气地按事情发生的先后次序一一道来。要做到这一点可不容易啊，因为我在其中扮演了一个惊险而重要的角色，心情尚未恢复平静。现在没事啦，事情了结得很顺利，结局让我颇为满意，我愿意晚上花点时间把事情叙述一遍。

昨天深夜，我正端坐在侏儒住宅的窗户前，如同以往就寝前常有的那样眺望博卡洛萨的营火，这时我突然看见一个身影偷偷摸摸地穿过河边的树林，摸向王宫东侧的厢房。谁会在这个时辰跑到那里去呢，莫非是宫中的哪个人，我好生纳闷。月华如水，但是一片朦胧，我看不清楚那个身影究竟是谁。他好像裹了一件宽大的斗篷，疾步奔向那侧厢房，消失于其中一个较小的门中。我琢磨着他肯定是宫中的人，因为他显得那么轻车熟路。可是他的举动又令我生起了疑窦，于是我冲进夜幕中，像他一样钻进那扇门，决心把这件事情查他个水落石出。

台阶一片漆黑，但我比任何人都更熟悉这条路，以往我曾经好多次在这里上上下下。它们通向的房间当中有安吉莉卡的卧室。现在则只通向她一个人的卧室，因为其他的房间都没有人住。

我摸摸索索来到她门口，在门外细细谛听。尽管疑虑已经让我有了一定的心理准备，但是听见里面传出两个人的声音，我还是吃了一惊。其中一人是乔万尼！

他俩窃窃私语，但是我的灵敏的耳朵还是听清楚了每一句话。我成了一段幸福恋情的见证人。

"亲爱的！"其中一人气喘吁吁。另一人悄声回应："亲爱的！亲爱的！"说了一遍又一遍——只说这一句。他们的话语在旁人听来简直无聊至极。倘若不是事关重大，我会觉得一而再再而三地重复这几个字实在可笑，但是很可惜，现在可笑不起来。听见他们无猜无疑、柔情蜜意地重复这几个字，我全身变得冰凉。如果他们去想想其中是什么意思，他们就会被吓得半死。接下来我听见那两个罪人相互接吻，吻了好几次，一边吻还一边结结巴巴地山盟海誓。真是太恶心了。

我拔脚就走。上哪儿能找到大王呢？他还在一小时以前我离开时，他跟菲娅梅塔待在一起的餐室里吗？我像平常一样守着他们，可是后来他说不必伺候了。

不必伺候了！我一边急急忙忙在暗夜中奔下台阶，一边觉得这句话好生奇怪。哪个大王会不需要自己的侏儒伺候呢。

我跑过庭院来到连接新旧厢房的拱廊，这里的台阶和过道也都黢黑黢黑，但我马不停蹄，终于上气不接下气地来到那扇巨大的对折门前面。我细听。没声音。但他们可能还在里面。我很想弄个明白，可是让人恼火的是，打不开那扇门，它正是太高让我够不着的几扇门之一。我又听了听，听不出个究竟，只好走开。

我跑向大王的卧室。卧室倒是不远，但是在底层。我凑近房门细细倾听，里面也悄然无声，听不见他在屋内的一点动静。也许他已经睡着了？这也不是不可能。我敢叫醒他吗？不敢。这一点想都不敢想，我连做梦都没敢想过那样做。可是我的任务又是那样紧迫。我以前可从来没有担负过这么要紧的使命啊。

我拼足勇气敲响了门。没有回音。我又敲了敲，使劲攥紧了拳头。还是毫无反应。

他不可能在里面，因为我知道他是一个睡觉很警醒的人。那么他在哪里呢？我愈来愈感到不安。时间在一分一秒过去啊！他会在哪里呢？

可能他跟菲娅梅塔在一起吧？他们有可能躲藏在那里，免得被他人打扰。这是我最后的一线希望。

我又冲下台阶，奔进院子里。菲娅梅塔住在王宫的另一侧，大概是想掩饰她跟大王的关系。要走到那边必须穿过庭院。

我踏进右边的拱廊，城堡的这一部分我不是很熟，分不清楚该走哪条路。我爬错了一段阶梯，只好退下来再找出路，这时候我已经在黑沉沉的过道里迷失了方向。一想到自己竟然迷路，我就愈加恼怒，在过道里钻过来钻过去，可就是找不着想找的地方。我感到自己就像一只鼹鼠，在洞穴里四处乱窜寻找猎物。幸运的是，我可以像鼹鼠一样在黑暗中看清东西，我的眼睛似乎生来就习惯于这样。我认出了她的窗户在宫墙上的位置，好不容易找对了方向，来到她的门前。

我细听。里面有人吗？有。

最先听见的是菲娅梅塔的冷冷的笑。虽然我以前从未听她笑过，但还是一下子就听出来这笑声必定属于她。笑得很冷，还有一点儿虚假，但自有其撩人的魅力。接着便是大王的笑声，短促而节制。我又开始怦怦心跳起来。

接下去我可以很清楚地听见他们的说话声，但是说些什么听不明白，两人很可能在屋子的里头。不过他们确实很热乎地在说着什么，而不仅仅是相互重复某几个字。我不知道他们是不是在谈论爱情，未必会这样吧，听起来不像。后来忽然没有了声响，尽管我尽最大努力竖起耳朵，还是什么都听不见。但是过了一阵子，我捕捉到一种令人浑身不自在的哼哼声，马上悟出他们正在干那件让人作呕的事。我感到一阵轻微的恶心。

我相信自己此时正处于激动状态，不会有什么生理反应，但还是离开门廊，尽量离得远远的，但又不至于守不着大王，就在那儿伫立等待。我尽可能久地等着，免得再听见那种淫荡的声音。我感到自己似乎在那里伫立了一个世纪。

等我终于又返回门前时，他们已经躺下，嘀嘀咕咕地说着话，但听不明白说些什么。这出人意料的变化真让我又惊又喜，我希望很快就能完成自己的使命。可是尽管这样，他们却并不着急，依旧躺着，净说些无关紧要的屁话。听见他们这样，想到匆匆流失的宝贵时光，我真是又恨又急，可又无能为力。在这种情况之下，我哪敢贸然敲门，惊扰他们的好梦呢。

后来我总算听见大王一骨碌起床，一边喋喋不休地跟她争论某件两人观点各异的事情，一边穿衣系带。我赶紧离门远一点，在黑暗中伫立等候。

他一出门，就不知不觉径直朝我走过来。

"陛下。"我低声说，小心翼翼地与他保持一段距离。

他一明白是我，立刻火冒三丈，咆哮着骂出一连串恶毒至极的脏话。

"你在这儿干什么？想偷看什么？你这可恶的小妖怪！鬼鬼祟祟的蛇！你在哪里？看我踩死你！"

他伸出双手在走道上乱抓一阵，但是黑暗中未能捉到我。

"你听我说！让我告诉你出了什么事！"虽然心儿在怦怦乱跳，但我还是很镇定地说出了这句话。

于是他叫我把话说完。

我直截了当地告诉他，他的女儿正在被罗多维柯·蒙坦扎的儿子奸污，他偷偷摸摸爬进城来为亡父复仇，要给她和她的家族烙上永恒的耻辱。

"你撒谎！"他尖叫起来，"好可笑的故事！你撒谎！"

"不，真是这样！"我大叫一声，无所畏惧地迎上前去，"他就在她的房间里，我亲耳听见了他们的罪行。现在已为时太晚，罪行已经犯下，但是说不定你还可以看见他跟你女儿在一起。"

看得出来他开始相信我了，一副万分震惊的样子。

"这不可能！"说着他却朝大门奔去。"这不可能！"他又吼了一遍。"他怎么可能进得了城，进得了王宫——有人看着！"

我一面拼足全力跟上他，一面回答说我也不明白是怎么回事，第一眼看见他时，他已经到了河边，可能是坐木筏或者类似的什么东西——谁知道那个色胆包天的小子会想出什么名堂来呢——后来就从那里溜进宫去。

"这不可能！"大王一再重复。"两岸都有碉堡，有卡尔弗林炮，还有弓箭手日夜监视，谁都不可能过河进城。这完全不可想象！"

"是不可想象，"我也承认，"简直无法理解，鬼知道他是怎么过来的，可他确实过来了啊，我敢肯定那是他的声音。"

我们跑到了院子里。大王急忙奔向便门，去下令岗哨对整座王宫严加戒备，以免那个公子哥儿逃脱。他的预防措施可谓明智之举——可是谁知道那个罪犯是不是已经逃走了呢！说不定两人已经双双私奔！这个可怕的念头促使我尽快迈动双腿飞跑过大院，又奔上台阶直扑安吉莉卡的房门。

我把耳朵紧紧贴住房门。

里面没有声音！莫非他俩已经逃走？经过一阵冲刺，又为他们可能的逃亡所激怒，我的心怦怦乱跳，跳得是那么厉害，连其他什么声音都听不清楚了。我努力克制自己，轻缓而有规律地呼吸——又侧耳倾听。

没有，房间里一点声音都没有。

我怒火中烧，感到自己都快发疯了！到后来我实在无法再忍受这等焦虑，就稍微一用力，只听咔嗒一声，成功地撬开了这扇门。透过缝隙，我看见里面有一丝亮光——但毫无声响，没有任何迹象表明屋内有人。我闪了进去，马上又恢复了镇静。让我万分欣喜的是，在一盏忘了吹熄的小油灯的照耀下，我看见他俩并排睡在她的床铺上。在头一次凭兽性本能交媾过之后，两人像一对玩累了的小伙伴睡得烂死。

我拿起油灯，凑近前去，让灯光照在他们身上。两人躺着，脸挨着脸；微启的嘴唇依然因为适才犯下的可怕罪行而涨得绯红，而这份罪已在睡梦中被淡忘；眼睫毛湿漉漉的，唇上挂着细小的汗珠。我注视着他俩的睡相，那份呆痴，那种对各类险境和外部世界的漠视，看上去还真像是清白无罪呢。难道这就是人类所谓的幸福？

乔万尼躺在床铺的外侧，一绺黑发掠过前额，嘴唇上挂着一丝隐隐的笑，就好像已经功成名就，如愿以偿。那条细细的金链绕着他的颈脖，宝盒内藏着他妈妈的画像，据说她已身处天堂。

这时我听见大王和他的手下踏上扶梯。不一会儿他就进到屋里，后面跟着两名卫士，其中一人还手执一支火炬。屋内顿时灯火通明，但这并没有惊醒睡得正香的那一对儿。

大王走上前去，一眼看见那奇耻大辱，差点绊了一跤。他脸色铁青，从一名卫士手中一把夺过利剑，就那么一挑，乔万尼的脑袋瓜和身体就分了家。

安吉莉卡醒过来，双眼睁得老大，看见他们把她那血淋淋的爱人拖下床去，而后扔到窗外的粪堆里。她一下子昏厥过去，直到我们离开屋子都没有恢复神志。

在干净利落地做过那件事之后，大王气得浑身颤抖，我看见他走出房间时，伸出一只手扶住门闩。我也退出房间，走回自己的住所。我慢慢地走，因为不再有疾走的必要啦。走到院落时，我看见那支火炬给大王指引着路；它消失于拱廊下面，就好像在暗夜中熄灭了一样。

第六十四章

　　安吉莉卡依然神志不清，她在发一种连宫廷御医都弄不明白的烧热。谁都不同情她。大家都自然而然地认为，她在受到引诱时，并未真正抵抗，因此她的被奸污被看作是对皇室和整个王国的莫大玷污。她由一个老太婆照料。宫中没有谁去探望她。

　　她那声名狼藉的恋人的尸体被抛进了河里，它一直被扔在王宫外，无人加以理睬。我听说尸首并没有沉入漩涡，而是被激流卷进了大海。

　　城里出现了一种怪病。据说最先的症状是头痛和颤抖，继而眼睛和舌头肿大，连话都说不出来，全身发红，皮肤渗出不洁的血。患者不停地嚷嚷要喝水，因为体内烈焰腾腾。医生们都束手无策，莫可奈何——不过他们何时又有过作为呢？据说几乎所有被传染者都不治而死，但死亡人数究竟有多少我不得而知。

　　宫里当然无人得病。患者仅限于那些食不果腹的穷苦人，多半是难民，而且毫无疑问疾病来源于城内各处和他们营帐外的那些污秽之物。生活在自己的屎尿里，他们早晚会死，对此我并不奇怪。

安吉莉卡没有染上这种瘟疫。她的病况跟幼年时有一次发过的病一模一样。我不记得那是什么时候的事，具体情形也回忆不清。她总是病恹恹的，而那些病因对其他人的健康却毫无影响。噢，我想起来啦，那次我割下了她的小猫咪的脑袋。

第六十五章

瘟疫愈益猖獗，日甚一日。现在不仅仅是穷人，任何人都有可能染上它。住房内跟大街和广场上一样，充满了呻吟和哀嚎，里面有不少人也成了病号。过路人可以看见那些患者在铺在路石上的破烂床垫上辗转叫唤，发出绝望的哭喊。据说疼痛异常厉害，足可驱使受害者发疯。到城里转上一圈你就会翻肠倒肚，所有的描述都充满了令人作呕甚至不堪忍受的可怕细节。那些垂危者的呼吸如同毒瘴，身体上长满了恶臭的烂疮，烂疮散发出让人恶心的气味。听见这些叙述，我就憋不住想吐。

人们几乎全都毫不犹豫地把这场可怖的瘟疫归罪于那伙逃难的人，他们比任何时候都更可憎可恨。不过也有一些人认为这实在是对人类罪恶的极好的惩罚。他们说人们这样受苦，是因为主想清除他们的邪恶，而他们只能屈从于他的意志。

我早就把这一切看成是一种惩罚，但是挥舞拷鞭的竟是他们的神——这一点我却是无从知晓。也许那是另外一种更为黑暗的力量吧。

第六十六章

王妃过着奇怪的生活。她从不离开房间，她的房间总是阴森森的，因为窗户都用厚厚的褶状布帘封得严严实实。她说她没有权利享受阳光，那样做太不公平。屋内四壁空空，既没有座椅，也不见桌凳，只有一座祷告台，上面放着一尊耶稣受难像，活像一间尼姑庵。

床倒还是搁在里面，但她从来不睡，而是睡在地板上的一堆稻草上，稻草从未换过，散发出愈来愈浓重的霉臭味。待在里面真是气闷憋人，我简直无法呼吸那种污浊的空气。

你刚走进去时，什么都看不清楚，要等到适应里面的昏暗后才行。然后你看见了她，衣衫不整，蓬头垢面，全然不在乎自己的仪容。眼睛像患了热病似的烧热红肿，双颊消瘦而凹陷，这是她禁欲绝食的结果。那个傻里傻气的乡下丫鬟走来走去四处诉苦，就因为无法说动自己的女主人进食。有的时候王妃也咬那么一点点，免得那个愚蠢的乡巴妹老是嚷个不停。那姑娘自己倒是脸蛋圆滚滚，身体胖乎乎，抓到什么都往嘴里塞。她一边哭哭啼啼，一边狼吞虎咽，把女主人拨到一边的诱人的菜肴全灌进肚里。

这个悔罪的女人大多数时间都跪在耶稣受难像前，喋喋不休地念叨着她那些毫无结果的祷词。她知道它们并无用处，每次开始祈祷前，她都要为那个被钉死在十字架上者①献上一篇特别的祷词，希望他原谅她又来给他添麻烦。

有时候她绝望无助地把念珠放到一旁，睁着灼人的眼睛紧盯她的救世主，随口就念出自己的祈祷词。但他依然对她不理不睬，等到站立起来，她还跟跪下去时一样未被赎罪。如果不是丫鬟搀扶，她常常无力再站起身。甚至因为心力交瘁而昏厥过去，一直俯卧在地上，直到被那姑娘发现，才把她拖拉到稻草堆上。

她认为自己是所有不幸的根源，所有的痛苦和恐怖都归咎于她所犯下的罪。我不知道她究竟把多少罪责归咎于她自己，你完全可以想象她的思想其实极为模糊。不过她肯定会依稀感觉到其中充满了恐惧。不管怎么说，我相信她确实对这个世界，对这里发生的所有这一切都漠不关心，而且认为它们无关紧要。她生活在一个隐秘的世界里，那里只有她自己的忧伤和烦恼。

现在她总算明白，她最大的罪就是对堂·里卡多的爱。她始终割舍不断这份爱，把它视作生命的瑰宝。她说她爱他胜过爱任何别的他，她说她对他的感情充盈了她的整个身心，使她感到无比幸福。凡是人都不可能那样去爱一个人，能那样去爱的唯有神。

我不知道在她的这种自责当中，有多少可以归结于我对她的罪恶生涯的揭示，又有多少可以归结于我对期待她已久的地狱之火的

---

① 即耶稣。

启发。我向她描述过那些被打入地狱者的苦难，她聆听我的讲解，极为顺从。到后来她就开始自责起来。

　　每当我来到她面前，她总是感激涕零。我避免太经常地去看她。

第六十七章

　　安吉莉卡已经康复，又可以下床走动了，但是就餐时总不见她的影子，也不见她在宫中露面。我不时见她出现于玫瑰园，或者坐在河边发呆。她的双眼显得比以往更大，眼色极为黯然，仿佛什么也不曾看见。

　　我注意到她颈脖上挂着乔万尼的那只宝贝盒子，上面还沾着血污。她很可能是在床上发现它的，把它当作他的信物加以珍爱。估计她已经把它洗过了一遍。

　　现在我想到了这么一件事，母亲在天堂里，而儿子却在地狱之火中惨叫，未加洗礼，也没有祷告，就在罪恶的梦中把小命丢掉。因此母与子永难相见，无法团圆。安吉莉卡也许会为他的灵魂祈祷，可是她的祈祷肯定归于徒劳。

　　没人知道她在想些什么。自从那天夜晚她醒来之后，甚至可以说，自从她对她的恋人说出最后一句话之后，她就没再吐出过一个字。凭我对他俩对话的了解，我几乎可以想象得出那句话说的是什么。

第六十八章

有那么一些人，他们认为瘟疫以及其他的灾难，都是神施与的惩罚，对这些惩罚不应加以逃避，而是应该满怀对全能的主的感激欣然领受。这些人走上街头，宣讲这一套信仰，对自己严加斥责，以求主来拯救他们的灵魂。他们三五成群，结帮拉队，一个个眼睛凹陷，形容憔悴，唯有极度狂喜的时候才直得起腰。老百姓四处尾随他们，那伙人的举动据说正在导致一场宗教复兴运动。

幸存的人们纷纷抛弃家庭、工作，甚至垂危的亲人，加入这个悔罪者的行列。每过那么一阵子，就会有一个人大呼小叫地冲进队伍里，一边发出令人绝望的哭喊，一边对自己痛加谴责，于是乎所有的人便开始赞美主，街上的人群纷纷双膝跪下。世俗的生活及众人皆知的恐慌他们已经见得太多太多，对于他们已经既无更多的乐趣也无更多的意义。他们只关心自己的灵魂。

据说神父们对这帮走火入魔的狂人侧目而视，因为这伙人诱使人们离开教堂，离开他们的合乎仪式的队伍，他们的队伍里有圣像，还有唱诗班的童男捧着香炉在臭烘烘的大街上行走。神父们说这些自虐狂没有信仰，逃避宗教安慰，只会夸夸其谈。上帝对此不会首肯，也无欣悦可言。可是我倒是觉得，如果说有谁真正信教，那就是这些对自己的信仰如此虔诚的人。神父们似乎并不希望别人把他们的训诫看得太重。

可是许多人却对这场灾难另有看法，他们比以往任何时候都更热爱生活，在死亡的恐惧中纵情作乐。这种热闹场面在城里的许多府宅都可以见到，通宵达旦，昼夜不分，从高墙内传出阵阵撒野的狂叫。一些穷苦人和吝啬鬼也受到感染，学着他们的样子，今朝有酒，一醉方休。他们死死守住自己那条可怜的小命，只要能够活下来，屈膝爬行也愿意。每当在便门分发少量面包时，就可以看见这些可怜虫为了多得几小块而竞相厮打，如果需要的话，就把对方撕成碎块。

不过据说也另有一些人为了同伴而牺牲自己。他们护理患者，尽管那样做并无意义，只会使自己受到传染。他们蔑视死亡以及其他一切，似乎并未意识到自己所冒的风险，虽然嘴上并没有说什么，但在旁人看来无异于一伙宗教狂人。

如果我听见的这些传闻都可以当真，那也就是说城里的人仍旧像以前一样过着日子，各有各的办法，各有各的招数。唯一不同的是，方式更为歇斯底里，而结局在上帝看来却毫无价值。因此，我怀疑给他们降下瘟疫和其他灾难的究竟是否真是他。

第六十九章

菲娅梅塔今天从我身边走过。她自然没有理睬我。然而正是那份冷漠使她看上去光彩照人，美若白玉。在遍地的污浊和惶惑中，她宛如一阵轻柔的风。她的那份冰冷和拒人于千里之外的傲慢天性，使人感到安全与宁静。她不让自己被生活的恐怖所左右，而是超然于它们，甚至能够加以驾驭。不知不觉当中，她以自己的高贵，很自然地开始取代王妃的位置，成为宫廷的女主人。其他的人对此无能为力，只好加以认可。你不得不佩服她。

如果有谁从我身边走过，却连看都不看我一眼，那我一定会火冒三丈。可是这种举动对于她，却是那么自然。

我很理解大王为什么会爱上她。我就做不到。不过那完全是两码事。我真正爱上过谁吗？不知道。如果爱上过，那就是王妃。可是如今我却恨她。

尽管如此，我还是觉得她是我有可能爱上的唯一的人。为什么会这样呢，这我无从解释。我一点都不明白。

真正的爱是某种无人知晓的东西。

第七十章

安吉莉卡自沉于河中。

她一定是昨天黄昏或夜晚投河的，谁都没有看见。她留下一封遗书，由此可以说明她是以那种方式自绝于人世。人们从早到晚搜寻她的尸体，流经这座被困之城的所有河段都搜索过了，仍旧一无所得。跟乔万尼的尸体一样，她肯定也已经被湍流带向了远方。

宫里乱作一团。人人都心情沉重，不敢相信她已经不在人世。我倒是觉得这很好理解嘛：她的爱人死了，她当然也就不想活啦。他们又是叹气又是落泪，还不住责怪自己，但最乐意干的还是议论那封遗书，相互探听它的内容，一遍又一遍地加以引述。

大王听说此事，自然是无比伤心，后来又感到十分沮丧。侍女们纷纷叹惜不已，为遗书中感人的字句潸然掉泪。她们的举动让我好生纳闷。遗书中并没有什么异乎寻常的东西嘛，什么也未能改变——当然也未能改变已经犯下的遭众人同声谴责的那种罪行。里面没什么新东西。

我再三听人引述它，最后几乎可以倒背如流。遗书大致如下：

我不想再跟你们一块生活了。你们一直对我都很好，但是我对你们却不明白。我不明白你们怎能夺走我最亲爱的人，夺走我的爱，他从那么遥远的国度前来告诉我，世间有一种东西叫爱情。

我以前并不知道有这样一种东西，认识乔万尼之后我才明白，原来爱情是人世间的唯一存在，除此之外的一切都形同虚设。认识他之后我才明白，为什么活下来是那么不容易。

现在我不想再留在世上，这个他不在的地方，我要随他而去。我已经向神祈祷过，他答应让我见到乔万尼，我们将永远在一起。但是他没有说将把我带向何方。我要自沉于河里，让他带我到我想去的地方。

你们切莫以为我这是自杀，我只是听从吩咐这样做而已。我并没有死去。我前去跟我最亲爱的人永远团聚。

这个宝饰盒虽然并不属于我，但我把它给带走了。我被吩咐这样做。我把它打开过，看见里面的画像，我就产生了离开这个世界的无穷渴望。

她^①要我告诉你们，她原谅你们。我也一样，真心诚意地原谅你们。

安吉莉卡

---

① 指乔万尼的母亲。

王妃确信自己是安吉莉卡的死因。据我所知这是她第一次对她的孩子表现出关心。她比以往更严厉地处罚自己，以求消除这份罪，一点也不进食，乞求那个受难者①的宽恕。

那个受难者没有理她。

———————————

① 指耶稣。

第七十一章

今天早上大王派我给圣克洛斯的梅斯特罗·伯纳多送一封信。他已经有很长时间没在宫中露面了，到后来我几乎忘却了他的存在。

我非常非常不情愿地进了城，打从瘟疫开始肆虐之后，我就再未去过那里。我倒不是害怕疾病，但是某些现象让我感到极为厌恶，我害怕看见它们。我的这种不情愿被证明是相当有道理的，因为我所看到的种种情形确实让人极为恶心。

一路上都可以见到患者和奄奄待毙的人。死者由兄弟会人员加以收殓，他们戴着黑色的头罩，头罩上有一对吓人的眼孔。这些人随处可见，给这幕惨象加上了阴森森的一笔。我感到自己如同正漫步于阴曹地府。甚至连那些未染上病的人也是一副垂死的模样，他们眼眶凹陷，皮包骨头，在街上爬过来爬过去，如同太平盛世时的鬼魅。你得小心翼翼，以免踩着横陈于面前的那些累赘，他们可能是死者，也可能是活人，谁也无法知道。这种噩梦般的场景实在让人作呕，你不可能想象得出还有什么东西比这些瘟疫的受害者更可悲可怜的了，我不时强迫自己背过脸去，免得当场呕吐出来。

有的人身裹破烂的衣衫，透过衣衫你可以看见微呈蓝色的皮肤上长满最最恶心的烂疮，预示大限即将来临。另一些人尖声乱叫，以示自己的身体依然活着。还有的人倒卧在地，神志不清，不受管束的四肢不住抽搐。

我以前从未见过人类如此堕落。他们的眼睛闪烁着迷幻的凶光，顾不得身躯羸弱，扑向那些从井里打上水给病人喝的人，如此凶恶地抢夺长柄勺，以致里面的水几乎全都泼洒在地上。他们如畜生般沿街爬行，爬向渴望已久的水井，那些水井仿佛成了所有那些可怜虫的目标。

这群生番已不再像人类那样举止得当，为了保住自己那条区区小命，已经丧失了做人的尊严。我甚至无法去叙述那些丑恶的事情，一想起那一切我就作呕。广场上生起了好几堆巨大的篝火，用来焚化成堆的死尸，那股刺鼻的臭味四方弥漫，随处可闻。城市上空升腾起一缕袅袅青烟，教堂的钟声叮当作响，丧钟长鸣。

如同以前经常见到的那样，我看见梅斯特罗·伯纳多在他那幅《圣餐》①前面陷入沉思。他坐着，头发斑白，有点驼背，看起来苍老了许多。他的基督坐在餐桌旁，掰碎面包递给聚在周围的所有的人；头发和额头依旧罩着那轮神圣的光环。那只高脚酒杯正围绕铺着洁白桌布的餐桌被相互传递。他们既不饿也不渴。但是这个老人坐在自己的画笔堆里，忧心忡忡，心情沉重。

我说我有一封大王的信要给他，他并不回话，只是做了个手势，示意我可以把信留下来。他不想被人拉出他那个世界。什么样

---

① 即《最后的晚餐》。

的世界呢？

我离开了圣克洛斯，思绪万千。

回家的路上，我路过那座钟楼，就是比其他所有的钟楼都要高的那座。战争期间，工程当然停顿了下来，而且已被人彻底遗忘。它耸立在那里，未曾竣工，因为建筑工程中途停顿，顶层的石块凹凸不整，如同一座废墟。不过基座的那些青铜浮雕已经完工，而且栩栩如生，它们描绘了那个被钉死于十字架的受难者的生平事迹。

它的下场果然不出我的预料。

第七十二章

整座皇宫都披麻戴孝，黑纱飘飘。宫墙和摆设全被黑布遮蔽，人们脚步轻轻，话语低低。嫔妃宫女身着黑缎长袍，朝臣命官则穿上黑绒丧服，还戴上黑色的手套。

这一切都是因为安吉莉卡的死。其实她那条命并无多少价值。可是这里的人特别热衷于哀悼谁。他们为堂·里卡多所感到的那份悲伤，已经被对她的哀悼所取代，况且他毕竟已死去多时。不过他们并未议论这个刚刚死掉的人，因为没什么可议论的。她根本就挑不起人们的兴致。而且也没人知道她究竟是一个什么样的人。他们只是悼念悼念她罢了。

不管走到哪里，你都能听见有人叹惜，不仅叹惜那个小公主的命运，而且也为乔万尼悲叹不已，而他属于敌对的那方，属于全体皇族最最痛恨的敌人。你能听见有人叹惜他俩的爱情，这一点现在已经毫无疑问，叹惜他俩为爱而殉，为情而亡。爱和死是他们最喜欢的话题，他们觉得为他俩伤心是件很快活的事，尤其是那两个人刚好死在了一块儿。

大王看起来无比哀痛，我想这也就是他寡言少语的原因。至少他跟我很少说话，虽然我依然有幸获得他的信任，但那是另外一回事了。如今他似乎躲着我，不像以往那么经常地差遣我了。比如他不再叫我去给伯纳多送信，而是叫宫廷的哪位大臣去。

有时候我觉得，他开始有点怕我了。

王妃那个红脸蛋的乡巴妹病倒了。她终于失却了红润。真想不出来她出了什么事。

这事挺怪，但我一点也不害怕瘟疫。我有一种感觉，觉得自己绝不会染上它，它不可能感染我。为什么呢？我就是有那么一种感觉。

它只在人类当中流行，在我身边的那些生番当中流行。与我无关。

王妃越来越衰弱。看着她那样苟延残喘，看着她的心正在死去，还有她身上的邋遢、恍惚和麻木，你实在有点于心不忍。她的天性和昔日秉性的唯一痕迹，就残留于她的顽强和坚忍当中，正是靠着这种顽强和坚忍，她顶住了周围人对她的命运施加的压力。

那个丫鬟病倒之后，再没有谁被允许接近她，房间里乱七八糟，一塌糊涂。她现在什么也不吃，变得如此憔悴，我都不明白她怎么还能活下来。

我是她唯一的探访者。她央求我去，要我在此紧迫时期帮帮她，让她向我忏悔她那些罪。

第七十三章

我激动得发抖。我直接从她那里回来,深为自己对人类具有的影响力所震惊。且让我把这次经过慢慢道来。

像往常一样,一开始我什么也看不见。后来窗户透过厚厚的帘子现出轮廓,看得出是墙壁上较亮的部分,这时我瞧见她蜷缩在十字受难像旁边,嘟嘟囔囔地念叨着她那无休无止的祷词。她是如此专注于她的祈祷,根本就没有听见我推开了门。

屋里那么闷,憋得我差点儿喘不上气来。真让人作呕。什么都让我恶心:气味,昏暗,她那皱缩的身体、毫无廉耻裸露在外的瘦瘦的肩头、颈脖上皱巴巴的筋肉和鸟巢般的乱发以及所有曾经被人钟爱的一切。我气得七窍生烟,心头蹿起一股怒火。我痛恨人类,但也不喜欢看见他们那种丧魂落魄的丑恶模样。

未等她看见我或者意识到我的出现,我就听见自己忽然在黑暗中气呼呼地吼道:

"你为什么还祈祷?我不是跟你说过叫你不要祈祷,我不想听见你祈祷吗?"

她掉过脸,并不害怕,而是像一只挨鞭子的母狗发出轻声的叫唤，可怜巴巴地看着我。那种表情丝毫也打动不了一个男子汉的心。

我毫不怜悯地接着往下说："你以为他在乎你祈祷？你跪在地上哀求祷告不停唠叨你那罪，他就饶恕你啦？坦白交代容易着呐，你以为他会受骗？你以为他看不透你？

"你爱的是堂·里卡多，而不是他！你以为我不知道？你以为你能骗过我，用花言巧语，用苦行修炼，用对自己情欲荡漾的肉体的惩罚来蒙骗我？你嘴上说你渴望墙上的那个人，其实你渴望的是你的情人！你爱的是他！"

她万分恐惧地望着我，无血的双唇不停颤抖，随后扑通一声跪在我脚下，发出苦苦的哀求：

"是这样！是这样！救救我吧！救救我吧！"

她的交代激起我满腔义愤。

"好你个淫荡的臭婊子！"我大吼一声，"表面上假装爱救世主，暗地里却跟那地狱色魔打得火热！竟跟那被打入十八层地狱的人一起哄骗你的神！邪恶的女人啊，眼睛望着那个死于十字架的受难者，说什么对他满怀火热的爱，而灵魂却迫不及待地扑向另一个人！难道你不知道他恨你？难道你不知道？"

"我知道，我知道。"她哭哭啼啼地说，像一条被踩扁的虫子在我脚下蠕动。

看见她这副卑躬屈膝的模样，真是让人厌恶至极。说来也怪，我不仅未感到快活，反而更激起莫名的怒火。她朝我伸出双手。

"罚我吧，罚我吧，你这上帝的鞭子！"她一边啜泣，一边去抓地上的那支皮鞭，把它递给我，自己则像小狗一样蜷缩在我的跟前。我夺过鞭子，又是气愤又是恶心。皮鞭高高扬起，呼啸着落在她的丑陋的身体上。我听见自己高叫：

"抽你的是那个受难者！抽你的是挂在墙上的那个他！你不是经常用热乎乎的嘴唇去吻他吗？你不是假装很爱他吗？你知道什么是爱？你知道他要你什么？

"我为你受苦受难，可你连看都不看一眼！现在我要你也尝尝这种滋味！"

我抽得如痴如醉，也不知道自己正在干些什么。不知道？哼，我当然知道！我在报仇！我在雪恨！我在匡扶正义！我在向人类展示威力！可是尽管这样，我却并不快活。

她自始至终没有叫唤，相反却表现得非常安静。抽完之后，她倒在地上，好像我已为她解除了忧伤和烦恼。

"愿地狱之火永远烧你！愿火舌舐你那情欲荡漾的肮脏的肚皮！"

作出这项判决之后我就离开了她，由她躺倒在地，仿佛晕了过去。

我走回家去，心怦怦直跳，爬上通向侏儒住宅的台阶，掩上身后的门。

写到这里时，我的怒气已经平息，只是感到无比空虚与厌倦。心儿也不再乱跳，一点感觉都没有。我注视前方，只见自己孤独的面容黯淡而悲伤。

她说我是上帝的鞭子，或许她说对了。

第七十四章

还是同一天的夜晚，我坐在这里，俯瞰眼前的城郭。此时正当黄昏，大钟已停止鸣响，拱顶和房屋渐渐变得模糊。半明半暗中可以看见火葬柴堆升起的青烟在屋宇上空缭绕，臭味扑鼻而来。一层厚厚的雾霭将万物都掩蔽起来，天很快就要黑了。

生活！生活的目的是什么？有什么意义？又有什么价值？既然是如此愁苦和空虚，又为何还要延续？

我把火炬掉头朝下，蹭蹭大地将它弄熄，于是乎黑暗自天而降。

那个农家姑娘死了。她那红红的脸蛋也救不了她的命。瘟疫夺走了她，人们一直不相信她染上了那种病，因为她并未像其他患者那样受尽煎熬。

菲娅梅塔也死了。她今天早上病倒，两三个小时之后就一命归天。兄弟会那些幽灵般的家伙来收她的尸时，我看见了她。她的模样好可怕，脸盘肿胀变形，可以推想身体也是如此，已不再是美丽的化身，而不过是一具令人作呕的死尸。他们用一块布盖住她的脸，就把她抬走了。

宫里的人对瘟疫怕得要命，只想把死者抬走得越快越好。但是已经下令今晚安葬她，仪式非同一般。可是这又有什么用呢，人都已经死了。

　　没人为她伤心。

第七十五章

大王也许为她伤心，他也确实如此。也可能他稍稍松了一口气。或者二者兼而有之。

谁知道呢，他跟谁都不说话。他看上去苍白憔悴，满脸倦容，跟以前判若两人。黑发下面的额头现出皱纹，人也有点儿伛偻了。那双黑黑的眼睛闪烁出奇特的光芒，充满了不安和骚动。

我今天看到他时才注意到了这一点。近来我很少见到他，也没在他的身旁伺候他。

自从那次之后，我就没再去看过王妃。听说她陷入了昏迷。现在菲娅梅塔死了，据说大王倒时常去看看她，坐在她的床前加以守护。

人类真是奇怪，我实在不明白他们之间的爱。

第七十六章

敌军解除了围困，瘟疫刚一开始在部队里被发现，他们就赶紧逃之夭夭。博卡洛萨的雇佣兵才不想跟这样一个敌人较量呢。

因此瘟疫结束了这场战争，做了谁也做不到的事。交战双方都蒙受浩劫，特别是我国。两次大战下来，人口锐减，国力大衰，蒙坦扎毫无所获，那伙兵痞带回去的只有瘟疫。

宫里死去的人越来越多。哀悼安吉莉卡的黑色帷幔依然高高悬挂，正好配得上这种阴郁的气氛。

我已被排斥于宫廷活动之外，不再有人使唤我，吩咐我做这做那。大王尤甚，我已不再能见到他。

从每个人的脸上我都能看出来，好像有什么事情就要发生，但会是什么事呢，我却不知道。

莫非有人诬告我？

我龟缩于侏儒住宅，这里只有我一个人。甚至连饭也不下去吃，就靠积攒的一点陈年面包维持性命。这已经绰绰有余了，我从来就吃得不多。

　　我独自坐在低矮的顶棚下，形单影只，孑然一人，深深陷入思索中。

　　我越来越喜欢这种孤身独处的生活。

第七十七章

自从上次记下一点东西，我已经好久没往这个本本上写字了，因为发生了一些对我的生活影响巨大的事情，使得我不可能继续写我那些笔记。我甚至连摸都摸不到它们，只是到现在它们才重又回到我的身边。

我坐在城堡的一间地牢里，脚镣跟墙壁焊接在一起。前不久双手也被铐住，其实这大可不必。我不可能逃跑，这种做法不过是想表明加重对我的处罚而已。手铐终于被卸掉了，我不知道这是为什么，也没有发问，什么也没问。尽管处境并没有改观，但这样一来毕竟还是好受了一些。我说服我的看守安赛尔莫去侏儒住宅把我那些材料和笔记拿来，以便让我多少有点事情可做。他为我把它们取来也许要冒些风险，因为虽然我的手铐已被卸掉，但谁知道他们会不会妒忌我这项小小的消遣呢。如他所说，虽然他很愿意，但他没有权力准允我做任何事情。不过他是一个头脑简单、心肠火热的人儿，所以我最终还是说服他那样做了。

我从头翻阅了我的笔记，每天看上几段。回忆回忆我自己的和别的一些人的生活，在宁静中重新思考世间万物，称得上是一种享受。现在我准备从中断的地方继续往下写，以此给自己穷极无聊的生活增添一点点乐趣。

我真不知道自己在这里已经待了多久。狱中的时光是如此平淡，日复一日，日日相似，我都懒得去计算时间，对光阴的流逝满不在乎。可是我是怎样被关进这间地牢，怎样被跟墙壁焊接在一起，对这一切我却是记忆犹新。

一天早晨，我正平安无事地端坐于自己的侏儒住所里，一名刑吏忽然破门而入，命令我跟他走。他未加解释，我也没向他发问，觉得与那种人说话有失我的身份。他把我带至用刑室，打手站在那儿，身体高大结实，上身一丝不挂。还有一名律师。向我展示了那些刑具之后，那律师规劝我将我去探望王妃时所发生的事情全部都交代出来，他们说那些事情是她目前悲惨境遇的起因。

我自然拒绝做那号事。他劝了我两次，要我交代，但都归于徒劳。于是那打手一把揪住我，把我放到拉肢刑架①上用刑。可那刑架看来不大适合我这种身材，于是我又不得不爬下来，站立一旁，看他们把它调整至可以折磨一个侏儒。我听他们讲下流话，开些俗不可耐的玩笑，说什么他们保证可以把我拉扯成一个大个子。

接着我又被放回刑架上，他们开始用最最可怕的方式折磨我。我强忍剧痛，一声不吭，只是极其轻蔑地看着他们，看他们表演那种可鄙的勾当。那个代表法律的人弯下腰来，企图从我口中套出什么秘密，可是我一个字都没说。我没有出卖她。我不想把有辱她的

---

① 拉肢刑架：古时拷问犯人时拉扯其四肢使关节脱离的一种刑具。用刑时犯人被朝四个方向拉扯，类似中国古代的五马分尸，其状甚惨。

那些事情公之于世。

　　我为什么会那样呢？不知道。我情愿忍受最最残酷的折磨，也绝不会泄露有损于她的任何事情。我紧闭双唇，任他们为了那个臭婆娘对我滥施酷刑。为什么呢？也许我乐意为她吃苦头。

　　他们终于善罢甘休，失望认输，一边给我松绑，一边咬牙切齿地咒骂了好一阵。我被套上锁链关进一间地牢，那副锁链还是那次我为那些被压迫者分发圣餐时制作的，①现在果然又派上了用场。那间地牢比现在这间更不舒服。两三天后我再次被提上来，受到同样的待遇，可是依然徒劳。什么酷刑都甭想让我招供。我仍然把她的秘密深藏于心底。

　　后来我被带到一个法庭之类的地方，在那里得知自己被控犯有种种罪行，其中之一是导致王妃死亡。我并不知道她死了，但我相信在听到这个消息时，我脸上没有一块肌肉暴露出我的感情。她就这样死了，再也没有从昏迷中醒来。

　　他们问我还有什么话要为自己辩护。我才不屑于回答呢。于是就进行宣判。由于我的种种邪恶行为导致了那么多的不幸，我被判处关押在城堡下面最最黑暗的地牢里，焊死在墙上，戴着手铐脚镣度过余生。我是他这位至圣大人身边的一条毒蛇，一个恶鬼，根据他的旨意，我被判处终身监禁。

　　我听着判决，不为所动。在我这张饱经沧桑的侏儒的脸上，唯有蔑视与嘲讽，我发现我的这般表情使他们感到万般恐惧。我被带

---

① 指为众侏儒主持圣餐仪式时因为闹事而被戴镣。见第十章。

下法庭，自那以后就再也没有见过那群可鄙的畜生，只有安赛尔莫除外，他是如此幼稚，我对他根本不屑一顾。

毒蛇！

我是拌了毒药，可那奉的是谁的旨意呢？我是毒死了堂·里卡多，可希望他死去的又是谁呢？我是鞭笞了王妃，可又是谁央告我乞求我那样做的呢？

人类过于孱弱，但又自视过高，根本就把握不住自己的命运。

你也许会认为，我既然犯下如此滔天大罪，真该处以极刑才对。其实只有那些粗疏大意的人，只有那些对我的高贵的主人一无所知的人才会这样想。我太了解他了，根本就不担心会有这种事，况且他也没有能力驾驭我。

驾驭我！那我为什么会被关进这间地牢？为什么会被他们用铁棍抽打？我仍然像以前一样属于这座城堡！为了证明这一点，他们甚至把我跟它焊接在一起！我们结合在一块啦，我和它！我们谁也离不开谁啦，我和我的主人！我锒铛入狱，那就等于他也被囚禁起来！我跟他连在一起，那就等于他也跟我合在了一块！

我住在地洞里，过着暗无天日的鼹鼠般的生活，而他在富丽堂皇的宫殿里来回踱步。但是我的处境也就是他的处境，他那万人景仰华贵无比的生活也照样属于我。

第七十八章

写完这一章花了我好几天时间。我只有在一线阳光透过窄缝落在纸上的那段短暂时光方能写作：这时我就得赶紧抓住时机。阳光在囚室的地上游移大约一个小时，但我被固定在墙上的锁链牢牢拴住，无法随它移动。我只能动弹一点点，因此翻阅已经写过的章节也得花费好长时间。不过这样也有好处，这样一来这一丁点儿乐趣不是可以延续得更长一些了吗。

剩余的时间我无事可做，像以前一样一动不动地坐着。三点钟就暗下来了，我得在漆黑中度过大半光阴。这时耗子们钻了出来，在周围爬来爬去，鼠目闪闪发亮。我一眼就能看见它们，因为我像它们一样，也能在黑暗中看清东西。我越来越像一只地下动物了。

我讨厌那些肮脏丑陋的四足动物，纹丝不动地坐着，等它们爬到跟前，就一脚踩死。这是表明我还活着的所剩无几的动作之一。到了早上我就命令安赛尔莫把它们扔出去。我想不出它们从何而来，一定是那扇未能合缝的门。

水珠顺墙壁渗透下来，囚室里一股霉味，这种味道特别让我恼火，因为我对这号东西非常敏感。地面是泥土，被关死在这里的那些人踩得硬邦邦的，他们不可能像我这样被铁索固定在墙上，至少不是所有的人都这样，因为整块地面都硬如磐石。晚上就睡在一团稻草上，像她①一样。只是我这团草不像她那团那么恶臭熏人，因为我要安赛尔莫每个礼拜给我换一次。我又不是悔罪者。我可是个自由人，才不想有辱自己的身份呢。

这就是我在这间地牢里的生活。我坐着，手托下巴，像以往一样沉浸于对生命和人类的思考当中，看法丝毫也没有改变。

如果他们以为我会屈服，那他们可就大错了！

---

① 指王妃。

第七十九章

多亏我这位心地善良的看守，我对外部世界才有所了解。他在给我送饭时，总会用天真烂漫的口气给我讲讲发生了一些什么事，还加进他自己的啰里啰嗦的议论。他对什么事情都兴趣盎然，乐于吐露自己的心事。由他嘴里说出来的事情都显得好蠢好蠢：他最为纳闷的是，神有什么理由制造这一切灾难呢。好在我的学识和经验都更为丰富，对事情的真相，对伴随王妃的衰弱和死亡而来的种种情况以及我入狱后发生的各色怪事，都能猜到个八九不离十。

大王终日忠心耿耿地守候在她的床前，看着她的脸变得越来越富于灵性，或者如宫里人所说的越来越超凡脱俗。安赛尔莫好像亲眼见到了似的，坚持说她变得美如圣母。我可是见过她，很清楚这种传闻里究竟有多少真实性。但是我完全相信，大王会坐在那里，对即将离他而去的爱妻满怀深情。也许他会回想起他俩年轻时的爱，如果真有其事，他也只能自个儿回想，因为她已不久于人世，神游于九天。我知道他会是什么模样，一定会被她那种超然和冷漠打中心窝。同时他也必定为她皈依宗教深感迷惑，要知道他并未这样做，也许他还想呼唤她重返人间。可是她悄悄从他手中溜走了，没有知觉，也未加解释。这无疑使他顿生爱怜之情；通常都是这样。

他就是在这样的情境中把我关押起来进行折磨。他爱她，因为她冷若冰霜，不可企及，同时也正因为如此，他要让我饱受磨难，苦头吃尽。我并不因此感到惊奇，我又何尝因为什么感到惊奇过呢。

伯纳多跟其他几个人一道去看了她。据称这位老夫子评论说她的脸极为动人，还说他开始理解它了，终于明白为何他为她作的画竟成失败之作。虽然它跟她不再相像，但也未必就是失败之作吧。我觉得他应当明白这一点，好好思索思索。

后来就出现了神职人员，进进出出的，宣称她得以永生是多么庄严，多么美丽。她自己的那个神父一定也在场，向每一个愿意听讲的人宣称她清白无罪。在她弥留之际，大主教亲手为她分发了圣餐并主持了最后的仪式，屋内挤满了身着法衣的教士和高级神职人员。但她还是在孤单中死去，并不知道身边有谁。

在她死后人们找见一张皱巴巴的脏纸，她在上面留下了遗愿，希望像焚化那些瘟疫牺牲者一样焚化她那可鄙的身体，骨灰撒在大街上，任千人踩万人踏。这些言辞虽然写得极为恳切，但被看作是痴人呓语，没人把她这最后的遗愿当回事情。作为一种折中，他们用香油涂敷她的尸体，然后把它放进一只朴素的铁棺材里，抬着穿过大街小巷，安放在大教堂的皇家地窖里。送葬队伍稀稀落落，对于一位王妃而言少得可怜。一些最最普通的老百姓，饿得半死但依然苟活的可怜家伙，极为虔诚地夹杂在队伍里。安赛尔莫说这行人马穿过瘟疫猖獗的城市，情景非常悲惨动人。这完全有可能。

人们相信他们现在对她和她的最后的日子都已经极为了解。他们把她据为己有，当作自己的合法财产，如同在这类事情上经常发生的那样，依照自己的想象篡改听来的传闻。看见她那简陋无华的棺柩搁在地窖里，跟其他那些闪闪发亮的银棺和精雕细琢的大理石棺放在一起，更激起他们的无穷想象。她躺在那里，好像成了他们当中的一员。她那些被那个丫鬟四处张扬的苦行和自责，使她成为一个品行高洁而忍辱负重的人，成为一位上帝的选民①，承受的苦难比所有其他的人都多。耶稣因为是上帝的儿子，承受的苦难也比任何人都多，虽然也有许多人被钉死于十字架，有的还脑袋朝下，倒悬刑架，惨遭肢解和杀戮，那份殉道殉教的痛苦远甚于他。她逐渐变成了一名圣徒，如此否定和蔑视今生今世，竟然心甘情愿把自己虐待至死。于是乎这种传闻距离实际情况越来越远，而他们还继续添油加醋，直到它与他们的愿望相符。谁也不知道存放她遗骸的那只简陋的黑色铁棺材是否会产生奇迹。但至少安赛尔莫相信会。他声称一到晚上它就发出一道光。这倒是有可能。大教堂在那个时候总是紧紧关闭，因此谁也无法令人信服地证实它的真伪，而一旦让那些信徒在真与伪之间进行选择，他们通常都挑选后者。谎言比真理更为稀罕而难忘，因此总被人们挑中。

听到这一切后我对自己说，我无疑就是那个神圣光环的创造者，或者至少为它那份光芒作出了巨大贡献。正因为如此，我现在才被关押在这里，固定在墙上。他们当然对此一无所知，假如有所知的话，对我这种殉难也就再无兴趣。我也不希望发生那类事情。

---

① 上帝的选民：原指古代以色列民族。基督教兴起后，此概念有了很大变化，泛指一切皈依基督的信徒。

我只是感到惊奇，像我这样玩世不恭的家伙，居然也能制造出那种效果。

不记得是从什么时候，安赛尔莫开始谈到伯纳多如何以王妃为原型作一幅圣母像。大王以及全体皇室成员都为这项工作所深深吸引，并且感到极为快慰。那位老夫子说他要画出她的最最隐秘的内心，在灵床上见到她以前，他对她的理解并不准确。我不知道他是否画得很好，并未见到那幅画，只是听说它是一件不同寻常的杰作——不过，他们对他所有的作品都是这么说。他画了好久好久，才终于把它画完。那幅基督给围坐在餐桌旁的信徒分发面包的《圣餐》图仍未完工，而且将不会完工，但他确实完成了这幅画。也许这种画画起来要更容易些吧。它被悬挂在大教堂中部左侧的一座神坛上，安赛尔莫见到它时，心里充满了孩子般的崇敬。他傻乎乎地说，以前还从来没有谁描画过这样一位贵妇，这样一位优雅端庄的圣母呢。最最让人惊奇的是荡漾于她唇上的那种谜一般的微笑，人人都觉得那种微笑超凡脱俗，富于神秘的魅力。我清楚那种微笑是画家取自他较早的一幅肖像，在那幅肖像上她形同一名暗娼。

从安赛尔莫的愚蠢的叙述中，很难判定那幅画究竟画得如何，不过根据我的理解，那位老夫子确实成功地创造出了某种合乎朝拜者胃口的东西。他本人并不信奉圣母，但他给她的画像注入了一种真诚的宗教感情，因此使旁观者们为之怦然心动。人们纷纷拥向神圣的新圣母，手执蜡烛匍匐于她的面前，那里的崇拜者比其他任何神坛前面的都要多，已故王妃的肖像前摆满了烛台，你步入大教堂时头一眼看见的就是那片火苗。特别是那些穷苦人，那些在这段艰难时光备受欺凌苦不堪言的人，聚集在那里哀声祈祷，为自己的悲惨遭遇求得一点安慰。于是她成了他们最喜欢的圣母，不厌其烦地倾听他们诉说烦恼和忧伤，向他们施以援手，表示抚慰，而据我所知她从来就没为穷苦人操过一份心。伯纳多就这样用非凡的艺术唤起了人们心中深切的宗教感情。跟我一样。

说到这里，我忍不住要去想想这荒诞的一切。谁能相信那个妇人居然会被挂在大教堂里，成为温柔而给人抚慰的圣母，成为万人爱戴与膜拜的神灵？谁又能相信她居然会在奉献给她的难以计数的烛台的光芒中，炫耀她的清白与神圣？她的另一幅画像放在王宫里，虽然梅斯特罗·伯纳多对它很不满意，但大王还是把它装框高挂起来。就是她看上去形同暗娼的那幅。两幅画像尽管各不相同，但都以其各自的方式揭示了真相，都表现了那种被大教堂里的崇拜者们认为极为圣洁的含混的微笑。

人类喜欢从模糊不清的镜子里看他们自己的映象。

第八十章

写到这里，也就是说我入狱以后所发生的所有事情都已记录在案，剩下的已经没什么可写了。安赛尔莫仍不时来转转，跟我讲讲宫里宫外发生的事，但都平常琐碎。瘟疫在夺走了一大群人的性命之后，终于不再逞凶；它自动消失，就如它不期而至，患病的人越来越少，最后总算绝迹。生活又渐渐恢复老样子，城市也又成为原来那座城。庄稼汉重返惨遭蹂躏的农田，重建家园，土地虽然伤痕累累，但已开始出现生机。战争欠下的债务大得吓人，而国库又已空虚，因此，安赛尔莫告诉我说，百姓都背上了沉重的捐税。可是好歹不打仗了，像他所说的，生活多少有了些盼头。一切都会好起来的。

"他们在乡下感到好快活呢。"安赛尔莫说，愚蠢的脸上露出欢喜的神色。

他不厌其烦地跟我唠叨这唠叨那，虽然有时候很让人讨厌，但我还是听他说，因为没别的人可以交谈。有一天他来告诉我，欠威尼斯的巨债已经偿清，国家终于摆脱了这沉重的负担。

"形势好转，大难过后好时光又要来临啦，到处都是一派欣欣向荣的景象。"他说，"事隔好多年，他们又开始修建那座钟楼了，说是用不了多久就可以完工。"

其实这件事并不值得提起，但我还是把它记了下来。

如今再也没有什么激动人心的事情发生了。

我坐在地牢里等待那束阳光，倍感遥遥无期，现在它终于来了，面对被它照亮的白纸，我却无从落笔。这支笔懒懒地搁在我的手里，我没法子将它派上用场。

写作变得越来越让人厌烦，因为我的生活是如此平淡。

明天钟楼就要启用，大钟就要发出第一声长鸣。那些钟部分由银制成，那些银则从百姓当中征集而来。他们相信银可以增加音色的美感。

大王及全体朝廷大员当然都将莅临会场。

第八十一章

举行了启用仪式，安赛尔莫有好多从与会者那儿听来的事情要告诉我。他说那可是一件非常吸引人非常难忘的盛事，几乎引来了全城老小。大王亲率朝廷命官徒步穿过城市，沿途的街道被百姓围得水泄不通，都争着一睹他的风采，争着目睹那即将来临的神圣的时刻。他看上去神色庄重，但就一位长者而言，还算身材挺拔，反应敏捷，而且显然在这个盛大的日子感到十分快活。他和随从们都穿上了最最华贵的服饰。来到大教堂外的广场，他走进教堂内，先在王妃的灵柩前下跪，然后又拜倒于悬挂她画像的神坛前，其余的人也都如法行事。参拜结束后，这行人走出教堂，来到大教堂广场，这时钟楼敲响了悠扬的钟声。钟声是如此悦耳，所有的人都深为感动，一动不动地倾听这仿佛响自天国的难以形容的声音。钟声在城市里回荡，听见它的人都倍感喜悦。聚集于广场上，团团围住大王的人们，都说他们从未经历过这样的时刻。安赛尔莫就是这样描述的。

让他失望的是，他未能参加启用仪式，因为正好赶上要给囚徒送饭，不过他在这里也听见了钟声，为此也颇感满足，钟声响起时，他急匆匆跑到我这里来通报消息。他是如此激动，居然打开了牢门，以便让我也能听到。我看见这个好人儿热泪盈眶，说是从来没有谁听见过这么美妙的声音。说句实话，那些声音跟别的钟声几近相同，并没有什么奇特之处。让我欣喜的是，他又关上了门，把我留在宁静中。

我戴着镣铐在此坐牢，日复一日，无所事事。这种生活毫无欢乐可言，但是我欣然领受，没有丝毫抱怨。我在等待别种时光，它们必定会来临，因为我命定不会在这里了此一生。我总归会有机会，像过去那样在阳光下读写历史，总会有人需要我效劳。如果说我对我的主人有什么了解的话，那就是他不可能离开他的侏儒太久。想到这里我就在地牢里乐不可支，暗暗发笑。我想有朝一日他们将前来给我松绑，因为他又要把我派上用场。

1992 年 5 月译毕

附　录

授奖词

瑞典文学院常务秘书　安德斯·奥斯特林

建人　译

　　1913 年，在一份充满青春活力的宣言——《语言技巧与刻画艺术》一文中，尚无赫赫名气的帕尔·拉格奎斯特，大胆指出那个时代文学的堕落，认为这种堕落绝不是艺术。他文章的观点过于武断，近乎陈词滥调。然而，这些观点按其以后的作品来看，却具有另一层更深的含义。年轻的作家宣称："作家的使命是以艺术家的观点解释他所处的时代，并为我们及后人表现这个时代的思想感情。"今天，我们可以肯定，就人们对其朝向成熟与伟大的登攀的了解而言，拉格奎斯特自己已充分实现了这一目标。

　　今天，我们吁请人们注意这位瑞典作家，不是要对他做一般的介绍——这实在显得多余——而是要向他的作品、向他本人表示理所当然的敬意。我们尤为他热情而坚定的真实、热烈而不懈的耐心所吸引，这就是他作品拥有的生命力。但这些还纯属精神品质。帕尔·拉格奎斯特，至少作为一颗富于创造力的头脑，十分符合诺贝尔在其西比尔① 式的遗嘱中所说的"理想主义意义上的"条件。不

---

① 　西比尔：古希腊神秘的女预言家。

可否认，他属于这样一种作家，他们勇敢而直接地献身人类至关重要的问题的研究，不知疲倦地回到人类生存的根本难题之上，面对一切极度的悲伤。他所处时代的物质条件决定了他的使命，这时代受到不断腾起的乌云与不断出现的灾难的威胁。正是在这一片阴郁混乱之中，他开始了战斗，正是在这个没有太阳的国家，他找到了自己灵感的光焰。

拉格奎斯特以其想象力早熟的天才，如此提前地领悟到正在逼近的灾难，以致成为北欧文学中苦闷的先知，但他同时又是遭逢暴风雨可能熄灭的精神神圣之光的最警惕的守护者。听众中许多人一定想到了他的短篇集《邪恶故事》（1924）。作品中，人们看到一个10岁的孩子，在一个春光明媚的日子与父亲一起走在铁道上，他们一同倾听林中小鸟的歌唱。然而，回来途中，暮色里，他们忽然被掠过空中的一种声音所惊动。"我知道这是怎么回事：那是因为那种即将来临的痛苦，那种莫名的，父亲并未意识到也无法帮助我抵御的哀愁。这就是我就要面对的世界和生活，跟父亲的不一样，他的世界和生活处处都安全而有把握。这不是一个真实的世界，也不是真实的生活。它哐当哐当地驰进无边的暗夜，冒着冲天的煤火。"①这孩提时代的回忆现在看来即主宰拉格奎斯特作品的主题象征。同时它也许向人们证明了他后来作品的真实性与逻辑的必要性。

今天，由于时间关系，不可能逐一检视所有这些作品。重要的是，帕尔·拉格奎斯特虽采用不同风格，戏剧的或抒情的，史诗

---

① 为方便读者对照阅读，此处引文采用沈东子译文，参见《大盗巴拉巴》（漓江出版社，2025年1月）第143页。

的或讽刺的，但他把握现实的方式根本上相同。对他来说，倘结果不尽如人意也无关紧要，因为每部作品都是他修建大厦的一块石头，每部作品都是他使命的一部分。这使命始终朝向一个主题——凡人皆有的苦难与崇高，尘世生活对人类的奴役，寻求解放的英勇斗争精神。这就是我们要在此刻回忆的所有作品——《现实之客》（1925）、《心中的歌》（1926）、《他再次被允许活下去》（1928）、《侏儒》（1944）、《大盗巴拉巴》（1950）的主题。不必再举其他例子来说明拉格奎斯特灵感的广袤与天才的力量。

在诺贝尔基金会 50 周年纪念会上，一位外国专家批评了诺贝尔奖得主历史丛书。提出他认为不可或缺的两项条件为标准：一是已完成作品的艺术价值，二是其国际声誉。就后一条件而言，它可能会立刻遭到反对，因为那些使用并未广泛流传的语言写作的人会发现自己处境非常不利。无论如何，一位北欧作家在国际社会赢得声望的情况极为少见。因此，对这种候选人的公正评价就是一件特别伤脑筋的事。然而，诺贝尔的遗嘱明白规定，颁奖时"不应考虑国籍，以便授给最有资格者，不论他是否斯堪的纳维亚人"。此话同样意味着倘若一位作家有资格获奖，他是瑞典人的事实最终也不应当成为他获奖的障碍。至于拉格奎斯特，我们还必须考虑另一个因素，这一因素使我们非常高兴：他最近的作品所得到的同情与尊重已超出了我们的国界。这一点，由于大多数外国专家对拉格奎斯特候选资格的坚持推荐，已进一步得到证实。他无须将获奖归功于学院本身，因为，对巴拉巴[①]内心冲突的动人解释甚至已得到了外

---

① 巴拉巴：拉格奎斯特小说《大盗巴拉巴》中的主人公。

国语言的反响。这清楚表明该作品深得人心，而且由于作品风格独特，在某种意义上无法翻译，就更为引人注目。的确，以这种语言的生硬与敏感，拉格奎斯特的同胞们常常听到斯莫兰民间故事的回声在《圣经》传说的星空之下重新回响。这再次提醒我们地域特色有时也能被改变成普遍的东西，容易得到所有人的理解。

拉格奎斯特作品的每一页都充满言词与思想。它们十分深刻且非常温柔，在它们最纯正的深处传递着恐怖的启示。这些言词与思想源于一种朴素的乡间生活，勤劳而俭朴。但它们在大师手中被用于别的目的，并被赋予一个更伟大的目标，即上升到艺术水平之上，成为对时代、对世界、对人类永久状况的理解。这就是在授予帕尔·拉格奎斯特诺贝尔奖的声明中我们完全肯定这部民族文学作品已达到欧洲水平的原因。

拉格奎斯特博士——我们这些对您深为了解的人知道您多么讨厌成为众人瞩目的中心，但现在这既然已不可避免，在您接受这荣誉的时刻，我谨请您相信我们对您的衷心祝贺。对我们来说，目前您比任何其他人都更应受到奖赏。能在您面前赞美您，我不胜荣幸。但假使在不那么隆重的场合，我将忍不住非常简单地，以古老的瑞典方式对您说：愿它带给您快乐！

现在，我恭请阁下从我们国王陛下的手中接受 1951 年度诺贝尔文学奖。

受奖演说之前，瑞典文学院及皇家科学院院士艾因那·洛夫斯台德说了下面这番话：

科学与诗歌之间是否存在隐秘联系？也许有。一位英国作家曾说过："诗歌是充满激情的表现手法，它存在于一切科学的面目之中。"此话是否适用于每一门科学仍有疑问，但它明确道出一条深刻的真理：伟大的诗歌与伟大的科学一样，是一种执着。它们都力图鼓舞人类摆脱自身，去寻求人类永恒问题的答案。以幻想家的力量与极大的热忱，您，帕尔·拉格奎斯特，已经着手阐明我们时代人类的难题。大大早于多数人，您已经表现了机械化的威胁与现代文明的荒凉所造成的苦闷。您已经目睹人类的心灵好比一辆汽车，阴暗而空虚，暗夜中呼啸着穿过未知的城镇奔向未知的目的。然而，渐渐地，您也听到了夜色中柔情优美的笛声，看到了永恒的微笑出现在微贱百姓的生活之中，当他们充满爱与信任的时候。而《大盗巴拉巴》，您最近的杰出作品则让我们看到了人类——麻痹，无常，罪恶累累，与我们多数人一样——半无意识地追随着无名民，他为拯救人类献出了自己的生命。

　　我们向您表示感谢与祝贺，并愉快地在其他国家反复推荐之下，授予您诺贝尔奖的荣誉。

受奖演说

帕尔·拉格奎斯特

建人 译

衷心感谢瑞典文学院授予我诺贝尔文学奖。这荣誉如此巨大，也许能原谅人们问自己——真配得到它吗？而我，甚至连这样的问题也不敢问！不过，既然未参与做出这项决定，我就能心安理得地享受它，责任该由我可敬的同事们来负。为此，我同样深为感谢！

我们今天已听了一些了不起的演说，马上还要接着听更多，所以我得忍住不再发表演说，而要请大家容忍我从我未发表过的书中念一段。起先我不知道在这种隆重场合该说些什么，忽然怪事发生了，我发现了一份1922年的旧手稿，二十九年前的东西。读它时碰到了本可以用在我演说里的一段或多或少能表达自己的话，不过它是小说的形式，这倒更合我的口味。它有关我们的生命之谜，这个谜使人类的命运既伟大又艰难。

这是我近三十年前所写的东西，当时我正待在地中海之滨比利牛斯山的一个小地方，一个世上非常可爱的地方。现在，我要为你们念这故事的第一部分，尽量念得好一些。

人类的神话

　　从前有个世界。一个晴朗的早晨，一个男人和一个女人来到这世界，不是要在这里住很长时间，只是做一次短期访问。他们认识许多其他世界，而这一个似乎比别的世界更穷更糟。诚然，它挺美丽。有树有山，有森林有灌木。头上的天空云彩变幻无穷。暮色中，和风吹动万物，如此神秘。可是尽管如此，与他们拥有过的那些很远很远的世界相比，这一个还是太穷。于是他们决定只在这儿稍事停留，因为他们相互爱恋，而他们的爱情在这个世界比在别的地方好像更美妙。这里爱情不被当作理所当然的东西，渗透每一个人，每一件东西。而像是一位造访的客人，将带来许多许多妙不可言的礼品。他们生活中所有以前明白自然的事情都变得神秘莫测，模糊不清，他们成了陌生人，被抛向无名的力量。联系他们的爱情令人吃惊——它会枯萎，会凋谢，会死去。所以，他们暂时想留在这个新发现的世界。

　　这里不总是白昼。白天的光明过后夜幕降临，一切都被遮蔽，被湮没。男人和女人一起躺在黑暗中，倾听风儿在树上低语。他们靠得更紧些，问自己：我们究竟为什么要到这儿来？

　　后来男人为自己和女人盖了一座房子，一座石头和苔藓的房子，因为他们并非很快就要走的呀。女人给地面铺上芳香的青草，黄昏时在家等着他。他们倾心相爱，比以前更热烈，日复一日操持着杂务琐事。

一天，男人在田野里时，忽感到一阵对女人的强烈向往，他爱这女人胜过一切。他于是俯身亲吻她躺过的土地。女人则开始爱树林，爱云彩，因为男人回到她身边时要在它们下面走过。这真是一个奇异的新世界，与他们拥有过的遥远遥远的那些地方大大不同。

　　于是女人生了一个儿子。屋外的橡树朝孩子歌唱，他吃惊的目光看看周围，林中的风声送他进入梦乡。夜晚，男人归来，扛着猎物血腥的胴体。他累坏了只想休息。躺在黑暗中，男人和女人愉快地交谈，他们很快就要动身走啦。

　　这是一个多么奇怪的世界，夏天之后是秋天与寒冬，寒冬之后是美丽的春天。人可以目睹时光流逝、季节更换，一切都不能长久。女人生下第二个儿子，过了几年又是一个。孩子们一天天长大，忙着自己的事。他们奔跑嬉戏，每天都有新的发现。他们拥有这个美妙世界的一切，没有什么东西太危险不能当玩具。由于田间林中的操劳，男人的手结满老茧。女人红颜消退，步履也不再轻盈，但声音仍似往日悦耳柔和。一天晚上劳累之余，她坐了下来，把孩子们叫到跟前对他们说："我们很快就要离开这儿了，去别的世界，那儿有我们的家。"孩子们困惑不解："您在说什么呀，妈妈？除了这个世界还有别的世界吗？"母亲的目光与丈夫的相遇，痛苦刺穿了他们的心，她温和地回答："当然还有别的世界呀。"她开始给孩子们讲与这个世界如何不同的那些世界。那里一切都更宽敞更美好，没有黑夜，没有树林的歌唱，也没有任何争争斗斗。孩子们紧紧偎依着她，听她讲故事。时不时他们会抬头看看爸爸，仿佛在问："妈妈讲的这些是真的吗？"他只是点点头，坐着想心事。最小的儿子紧挨着母亲的脚，他脸色苍白，眼睛闪烁着奇异的光。最大的儿子已有 12 岁，坐得远一些，瞪着眼出神。最后他起身走入外面的黑夜。

母亲继续着她的故事，孩子们贪婪地听。她好像注视着某个遥远的国度，目光凝注却什么也没看。一次又一次她停下来，好像什么也看不见，什么也记不得了。但一会儿她又接着讲，只是声音越来越小。熏黑的炉床火光闪耀，映照着他们的脸庞，给温暖的房子带来光亮，父亲抬手遮挡眼睛。就这样一家人一动不动直坐到半夜。这时门一开，一股冷风卷了进来，大儿子出现了，拎着一只很大的黑鸟，鸟的胸脯还冒着血。这是他亲手杀死的第一只鸟。他把它扔向火边，鸟在火旁发出血腥的气息。然后他一声不响，走到屋后黑暗的角落躺下睡觉。

什么声音也没有了。母亲已讲完了她的故事。他们迷惑地互相看着，仿佛大梦初醒。再看看地上的死鸟，红的血正从它胸上渗出，玷污了四周的地面。大家悄悄起身都去睡觉。

那夜之后，一段时间里谁也不大讲话，各人忙各人的事。时值夏天，大黄蜂在茂密的草地上嗡嗡飞舞，灌木林被雨水洗刷一新，闪着明亮的绿光。空气新鲜透明。一天下午，最小的孩子走到坐在屋外的母亲面前。他苍白平静，求母亲给他讲讲另一个世界的事情。母亲惊讶地说："宝贝儿，现在我不能讲。瞧，太阳还亮着呐！干吗不跟哥哥们一起出去玩玩？"孩子一言不发地走开，他哭了，可没人知道。

他再也没求过母亲，只是变得越加苍白，眼睛燃烧着奇异的光芒。一天早晨，他起不来了，就躺在那儿。一天又一天静静地躺着，几乎不说话。奇怪的目光茫然注视空中。他们问他哪里疼，宽慰他说很快就能再到外面的阳光下去看新长出来的美丽鲜花。他不作声，只管躺着，好像根本没看见他们。母亲见状哭了起来，问是不是她该把知道的所有美好的事情都讲给他听，可他只朝她笑笑。

　　一天夜里，他闭上眼睛死了。他们都聚拢在他身旁。母亲把他的小手叠放在胸前。夜幕降临，大家挤坐一起，在漆黑的屋里小声地说着他。他已经离开了这个世界，他们说，去了另一个世界，更美好更快乐的世界。但是他们说这话时心情沉重，叹息不止，最后大家都害怕地走开，心情烦乱，留下他一个人躺在那儿，冰凉，孤寂。

　　早晨，他们把他埋进大地。草地芬芳，阳光明媚，温暖宜人。母亲说："他已不在这个世界了。"墓旁的一株玫瑰花朵盛开。

　　就这样，时光来了又去。下午，母亲常坐墓旁，凝视大山，大山遮住了一切。父亲无论何时路过，总要在墓旁驻足。但孩子们不肯走近，因为它不同于别的地方。

　　两个孩子长成高大强壮的少年，但男人和女人开始衰老，鬓发斑白，肩膀下垂，但也添了一种宁静与威严。父亲仍试着跟儿子一道狩猎，但遇到疯狂危险的野兽时，是儿子们对付。母亲上了年纪，坐在门外，听到他们回家的声音就伸手四处摸索。她现在眼睛太累，只有阳光高照的中午才看得见。别的时候，四周只是一片黑暗。她老问这是为什么。一个秋日，她进屋躺下，听着风声，如同听着很久很久以前的记忆。男人坐在她身旁和她说话，好像他们再次单独待在这个世界上。她已虚弱不堪，但内心的光明照亮了她的脸。一天夜里，她用苍老的声音对孩子们说："现在我要离开这个世界了，我的生命已在这里消耗一空，我要回家去。"就这样她走了。他们把她葬入大地，让她安息。

冬天又到，天气很冷。老人不再出门，守着炉火。儿子们把猎物带回家再切好。老人转动着烤肉铁钎，只见烤着肉的地方火烧得更红更亮。春天到来的时候，他走出去看看树木田野，到处郁郁葱葱。在每一棵树旁边他停下，认识地点点头，这儿的一切都那么熟悉。在鲜花旁边他停下，那是第一个早晨他们一同来到这里时他为她采过的鲜花。在打猎武器旁边他停下，武器沾满鲜血，一个儿子刚刚用过。然后他回家躺下，对站在他临终卧榻边的儿子们说："现在我必须动身离开这个世界了，我已在这里度过了我的一生。我们的家不在这里。"他握住儿子们的手直到咽气，他们将他埋在他吩咐过的地方，因为他想待在那里。

现在两位老人都走了，儿子们感到既宽慰又轻松，一种解放了的感觉，仿佛割断了那根把他们拴在一件东西上的绳子，而那件东西与他们不相干。第二天一大早，他们起身走到旷野之中，尽情欣赏幼树与夜雨的气息。肩并肩他们朝前走去，两个高高大大的年轻人。大地为养育了他们而骄傲。生活刚刚开始，他们准备好占领这个世界。

作家生平

1891 年 5 月 23 日　出生于瑞典斯莫兰省韦克舍一个铁路员工家庭。

1910 年　毕业于韦克舍中学。

1911 年　入乌普萨拉大学念书，一学期后辍学。

1912 年　发表首部小说。赴巴黎，倡导表现主义与立体派。

1918 年　与丹麦姑娘卡伦·索伦森结婚。

1925 年　与索伦森离婚，与伊莱恩·哈尔伯格结婚。

1930 年　定居斯德哥尔摩郊区利丁戈。

1933—1934 年　赴巴勒斯坦、希腊旅行，收集对宗教信仰及尚武人道主义的印象。

1940 年　当选为瑞典文学院院士。

1941 年　获哥德堡大学名誉博士学位。

1951 年　获诺贝尔文学奖。

1974 年 7 月 11 日　于利丁戈去世。

· 236 ·　侏儒

著作年表

建人　译

1906 年　《母爱》

1911 年　《夜》

1912 年　《人们》

1913 年　《生活的两个故事》（小说）

　　　　　《语言技巧与刻画艺术》（论文）

　　　　　《立体派画家：美学思考》（论文）

1914 年　《主题》（散文诗集）

1915 年　《铁与人》（小说集）

1916 年　《苦闷》（诗集）

1917 年　《最后的人》（剧本）

1918 年　《艰难时刻》（剧本）

1919 年　《混乱》（小说集）

　　　　　《天堂的秘密》（独幕剧）

1920 年　《永恒的微笑》（小说）

　　　　　《晨》

1923 年　《罪人》（剧本）

1924 年 《邪恶故事》（短篇小说集）

1925 年 《现实之客》（自传体小说）

1926 年 《心中的歌》（诗集）

1927 年 《征服生活》（论文集）

1928 年 《他再次被允许活下去》（剧本）

1930 年 《战斗精神》（小说）

1932 年 《营火旁》（诗集）

1933 年 《刽子手》（剧本）

1934 年 《攥紧的拳头》（随笔选）

1935 年 《那个时代》（散文集）

1936 年 《无灵魂者》（剧本）

1937 年 《天才》（诗集）

1939 年 《黑暗中的胜利》（剧本）

1941 年 《寒舍仲夏夜之梦》（剧本）

1944 年 《侏儒》（长篇小说）

1947 年 《哲人石》（剧本）

1949 年 《让人类活下去》（剧本）

1950 年 《大盗巴拉巴》（长篇小说）

1953 年 《黄昏的土地》（诗集）

1956 年 《女巫》（长篇小说）

1960—1964 年 《皮尔格门》（剧本）

1960—1966 年 《托比亚斯三部曲》（长篇小说）

1967 年 《玛丽安娜》（长篇小说）

1977 年 《作家笔记》（散文集）

寓言
[美] 威廉·福克纳 / 著
王国平 / 译
定价：50.00元

水泽女神之歌
——福克纳早期散文、诗歌与插图
[美] 威廉·福克纳 / 著
王冠 远洋 / 译
定价：30.00元

士兵的报酬
[美] 威廉·福克纳 / 著
一熙 / 译
定价：45.00元

即将上市

押沙龙，押沙龙！
[美] 威廉·福克纳 / 著
李文俊 / 译

喧哗与骚动
[美] 威廉·福克纳 / 著
李文俊 / 译
定价：46.00元

我弥留之际
[美] 威廉·福克纳 / 著
李文俊 / 译
定价：38.00元

大街
[美] 辛克莱·路易斯 / 著
顾奎 / 译
定价：55.00元

巴比特
[美] 辛克莱·路易斯 / 著
潘庆舲 姚祖培 / 译
定价：50.00元

阿罗史密斯
[美] 辛克莱·路易斯 / 著
顾奎 / 译
定价：78.00元

诺贝尔文学奖作家文集 ⊙ 福克纳卷·路易斯卷

漓江的书，买了再说！

鼠疫
[法]阿尔贝·加缪 / 著
李玉民 / 译
定价：48.00元

局外人
[法]阿尔贝·加缪 / 著
李玉民 / 译
定价：45.00元

第一人
[法]阿尔贝·加缪 / 著
李玉民 / 译
定价：48.00元

卡利古拉
[法]阿尔贝·加缪 / 著
李玉民 / 译
定价：50.00元

西绪福斯神话——论荒诞
[法]阿尔贝·加缪 / 著
李玉民 / 译
定价：35.00元

戈拉
[印]泰戈尔 / 著
唐仁虎 / 译
定价：65.00元

纠缠
[印]泰戈尔 / 著
倪培耕 / 译
定价：48.00元

沉船
[印]泰戈尔 / 著
杉仁 / 译
定价：53.00元

泡影
——泰戈尔短篇小说选
[印]泰戈尔 / 著
倪培耕 / 译
定价：58.00元

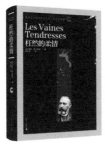

枉然的柔情
［法］苏利·普吕多姆 / 著
胡小跃 / 译
定价：50.00元

邪恶之路
［意］格拉齐娅·黛莱达 / 著
黄文捷 / 译
定价：50.00元

常青藤
［意］格拉齐娅·黛莱达 / 著
沈萼梅 / 译
定价：56.00元

风中芦苇
［意］格拉齐娅·黛莱达 / 著
蔡蓉/译
定价：52.00元

柔情
［智］加布列拉·米斯特拉尔 / 著
赵振江 / 译
定价：50.00元

爱情书简
［智］加布列拉·米斯特拉尔 / 著
段若川 / 译
定价：30.00元

漓江的书，买了再说！

诺贝尔文学奖作家文集 ⊙ 普吕多姆卷·黛莱达卷·米斯特拉尔卷

诺贝尔文学奖作家文集 ⊙ 纪德卷·丘吉尔卷

漓江的书，买了再说！

背德者·窄门
[法] 纪德 / 著
李玉民 / 译
定价：46.00元

伊恩·汉密尔顿行军记
[英] 温斯顿·丘吉尔 / 著
刘勇军 / 译
定价：48.00元

河战
[英] 温斯顿·丘吉尔 / 著
王冬冬 / 译
定价：60.00元

从伦敦，经比勒陀利亚，到莱迪史密斯
[英] 温斯顿·丘吉尔 / 著
张明林 / 译
定价：50.00元

我的非洲之旅
[英] 温斯顿·丘吉尔 / 著
张明林 / 译
定价：42.00元

特雷庇姑娘

[德] 保尔·海泽 / 著

杨武能 / 译

定价：55.00元

紫罗兰

[捷克] 雅罗斯拉夫·塞弗尔特 / 著

星灿 劳白 / 译

定价：59.80元

磨坊

[丹麦] 吉勒鲁普 / 著

吴裕康 / 译

定价：69.80元

明娜

[丹麦] 吉勒鲁普 / 著

吴裕康 / 译

定价：50.00元

诺贝尔文学奖作家文集⊙保尔·海泽卷·塞弗尔特卷·吉勒鲁普卷

漓江的书，买了再说！

第二次来临
——叶芝诗选编

[爱尔兰] W.B.叶芝 / 著

裘小龙 / 译

定价：68.00元

第三个女人

[波兰] 亨利克·显克维奇 / 著

林洪亮 / 译

定价：88.00元

你往何处去

[波兰] 亨利克·显克维奇 / 著

林洪亮 / 译

定价：88.00元

花的智慧

[比] 莫里斯·梅特林克 / 著

周国强 谭立德 / 译

定价：46.00元

大教堂凶杀案

[英] T.S.艾略特 / 著

李文俊 袁伟 / 译

定价：52.00元

漓江的书，买了再说！

儿子们

[美] 赛珍珠 / 著

韩邦凯 姚中 顾丽萍 / 译

定价：68.00元

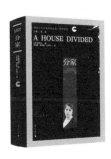

分家

[美] 赛珍珠 / 著

沈培锗 唐凤楼 王和月 / 译

定价：68.00元